# TENTACIÓN ARRIESGADA

## ANNE OLIVER

Editado por HARLEQUIN IBÉRICA, S.A.
Núñez de Balboa, 56
28001 Madrid

I.S.B.N.: 978-84-687-4795-8
Depósito legal: M-24084-2014
Editor responsable: Luis Pugni
Impresión en CPI (Barcelona)
Fecha impresion para Argentina: 11.5.15
Distribuidor exclusivo para España: LOGISTA
Distribuidor para México: CODIPLYRSA
Distribuidores para Argentina: interior, BERTRAN, S.A.C. Vélez
Sársfield, 1950. Cap. Fed./ Buenos Aires y Gran Buenos Aires,
VACCARO SÁNCHEZ y Cía, S.A.

# Capítulo Uno

No fueron los truenos de la tormenta que se avecinaba lo que despertó a Lissa Sanderson poco después de medianoche. Ni el sofocante calor tropical de Mooloolaba, que la había obligado a dejar abiertas las ventanas de la casa flotante para aprovechar la mínima brisa que soplara del río. Ni siquiera la preocupante situación económica que llevaba varias semanas padeciendo.

Fueron las pisadas que se acercaban por el muelle.

No eran las pisadas de su hermano –Jared estaba en el extranjero–, y ninguno de sus conocidos iría a visitarla a aquellas horas. Eran las pisadas de un desconocido, pensó con un escalofrío.

Levantó la cabeza de la almohada y prestó atención. El lento pero firme sonido de las pisadas se oía claramente por encima del crujido de las hojas de palma y de la campanilla que colgada encima de la puerta trasera.

Sus pensamientos se remontaron nueve meses atrás… y la sangre se le heló en las venas al pensar en Todd. El Sapo no se atrevería a dejarse ver en aquella parte del mundo… ¿O quizá sí?

No, de ninguna manera. No lo haría.

Apoyó los pies en el suelo y escudriñó la familiar penumbra en busca de la linterna, hasta que recordó que la había dejado en la cocina cuando fue a examinar una nueva gotera en el techo.

El embarcadero pertenecía a los mismos dueños de la lujosa mansión que alquilaban a acaudalados veraneantes. Lissa tenía alquilada la casa flotante y el contrato de arrendamiento no vencería hasta dentro de dos años. Febrero era temporada baja y la mansión llevaba dos semanas desocupada. ¿Podría ser que hubieran llegado nuevos inquilinos y no supieran que el embarcadero estaba alquilado por otra persona?

Rezó porque así fuera.

El garaje por el que se accedía al patio trasero y de ahí a la casa flotante solo se podía abrir con un código de seguridad. ¿Quién podía ser sino un habitante de la casa? Intentó tranquilizarse y no ceder a la inquietud que llevaba meses agobiándola. Las puertas tenían un seguro; al igual que las ventanas, aunque estuviesen abiertas; tenía el móvil junto a ella y bastaba con pulsar un botón para llamar a sus hermanos: Jared y Crystal.

Las pisadas se detuvieron. Un objeto pesado cayó al suelo de madera, haciéndolo vibrar unos segundos. El golpeteo del agua contra el casco le puso los pelos de punta.

Había alguien en su muelle… Justo al otro lado de la puerta.

Agarró el móvil y marcó frenética un número, pero la pantalla permaneció apagada. No tenía batería.

Con el corazón desbocado se dirigió a la puerta del dormitorio. Desde allí se podía ver todo el barco hasta la puerta de cristal. Una ligera llovizna caía sobre la cubierta… y sobre una figura alta y masculina.

Era demasiado ancho de hombros para ser Todd, gracias a Dios, pero podría haber sido el jorobado de Notre Dame, con su perfil iluminado por un relámpago.

Lissa sintió un escalofrío por toda la piel.

Entonces la joroba desapareció y Lissa se dio cuenta de que era una bolsa de viaje. El bulto cayó al suelo con un ruido sordo y la figura se irguió en toda su estatura, tan imponente que Lissa dio un paso atrás y tragó saliva para sofocar el grito de pánico que le subía por la garganta. Se puso rápidamente la bata y se metió el móvil en el bolsillo. Podría salir por la puerta trasera, junto a la cama, pero para abandonar el barco tendría que pasar por el estrecho embarcadero, a pocos pasos del hombre, llegar hasta la cochera y esperar a que se elevara la puerta… No, era más seguro permanecer donde estaba.

Y si aquel hombre no fuese un nuevo inquilino…

Se obligó a avanzar y, sin hacer ruido, descalza, fue sorteando bolsas y cajas hasta que resbaló en un charco que no había estado allí dos horas antes. Se agarró a la diminuta mesa de la minúscula cocina y miró de nuevo al hombre. Un relámpago reveló ropa negra, antebrazos desnudos, pelo corto y negro mojado por la lluvia, recio mentón

5

oscurecido por una barba incipiente... Demasiado atractivo para ser un ladrón. Y le resultaba vagamente familiar.

Se palpó el pecho con unas manos grandes y fuertes y se las llevó a los muslos, como si hubiera perdido algo. La imagen de aquellas manos palpándose los pechos hizo estremecer a Lissa, y un recuerdo de su temprana adolescencia asomó al fondo de su memoria. El recuerdo de un hombre tan alto y atractivo como aquel intruso...

Se sacudió las imágenes de la cabeza. Ya se había dejado engañar por demasiados hombres altos y atractivos. Y aquel hombre se disponía seguramente a forzar la cerradura mientras ella se quedaba mirándolo como una tonta.

Tensó los músculos e intentó pensar en su próximo movimiento, pero el cerebro no terminaba de funcionarle. Olió la relajante fragancia de la vela de jazmín que había prendido antes, la albahaca que había metido en un tarro, la omnipresente humedad del río.

¿Cuál sería su último recuerdo antes de morir?

Observó, paralizada, cómo el intruso se hurgaba en el bolsillo, sacaba algo y se acercaba a la puerta.

La adrenalina la impulsó a actuar. Agarró el objeto más cercano, una caracola del tamaño de su puño, y se irguió en su metro sesenta de estatura.

—Largo de aquí. Esto es una propiedad pri...

La orden, formulada con una voz patéticamente débil, se le quebró en la garganta al oír el estremecedor sonido de una llave girando en la cerradura. La puerta se abrió y el hombre entró, chocando con la campanilla y portando el olor a lluvia con él.

Lissa sacó el móvil del bolsillo.

–No se acerque.

La figura se cernió amenazadora sobre ella, invadiéndola con el intenso olor a hombre mojado.

–He llamado a la policía.

El hombre se detuvo, aparentemente sorprendido pero no asustado, y Lissa comprendió que su voz acababa de delatarla.

Era una mujer. Y estaba sola.

Avanzó, apuntando al cuello del hombre con su improvisada arma, pero él la agarró del brazo.

–Tranquila, no voy a hacerte daño –su voz, profunda y varonil, acompañó al trueno que retumbó en el océano.

–¿Y yo cómo lo sé? –preguntó ella–. Este es mi barco. ¡Fuera de aquí! –apretó la caracola en el puño y volvió a la carga, pero él bloqueó su ataque con el antebrazo y suspiró pesadamente.

–No hagas eso, cariño –murmuró, desarmándola con una facilidad pasmosa. Acto seguido aflojó la mano y la bajó desde la muñeca hasta el codo. Lissa sintió otro escalofrío, incapaz de recuperar el control.

–Este es mi barco –declaró en voz baja y débil.

–Pues yo tengo una llave.

Antes de que Lissa pudiera analizar la respuesta, él la soltó y pasó a su lado para encender la luz. A continuación levantó las dos manos para demostrarle que no pretendía hacerle daño.

Ella parpadeó unas cuantas veces hasta adaptar la vista al súbito resplandor. Vio la marca roja que le había hecho en el cuello con la caracola y comprobó que, efectivamente, tenía una llave y que había encontrado sin problemas el interruptor de la luz. Con lo cual solo podía tratarse de…

Blake Everett.

Se apoyó en la mesa con gran alivio, pero enseguida volvió a ponerse en guardia. Blake llevaba unos vaqueros negros descoloridos y un viejo jersey, también negro y desteñido, remangado hasta la mitad de unos antebrazos fuertes y salpicados de vello.

Era el amigo de Jared. Lissa se había enamorado de él cuando ella tenía nueve años y él dieciocho y recién alistado en la Armada. Cuatro años después volvió a casa al morir su madre y ella siguió amándolo en secreto.

No creía que la hubiese mirado salvo en aquella ocasión en la que, con nueve años, se cayó del monopatín al intentar impresionarlo y solo consiguió romperse la nariz, manchar de sangre la camiseta blanca de Blake y, lo peor de todo, echar a perder su joven orgullo.

Circulaban muchos rumores sobre él, y ninguno bueno. El chico malo, la oveja negra de la familia… Pero Lissa no cambió de opinión hasta que oyó que había dejado embarazada a Janine Baker y que había huido del pueblo para alistarse en la Armada. En cierto modo lo sintió como una traición personal.

Los ojos de Black podían ser tan azules como

un cielo tropical o tan fríos como un glaciar, y su aire taciturno e indiferente había avivado los instintos maternales de Lissa. Durante mucho tiempo se imaginó cómo sería ser el centro de aquella mirada.

Y en esos momentos la estaba mirando como ella siempre había deseado... con un inconfundible destello de calor en aquellos ojos azules. Pero Lissa ya no era una cría ingenua e inocente, al menos en lo que se refería a los hombres, y bajo ninguna circunstancia iba a bajar la guardia.

–Me llamo Blake Everett –dijo él, apoyado en la encimera y recorriendo con la mirada la corta bata de Lissa, quien sintió un hormigueo de la cabeza a los pies y cómo se le endurecían los pezones–. Soy...

–Sé quién eres –lo interrumpió ella, sofocando el impulso de cubrirse los pechos.

Blake entornó los ojos y Lissa se fijó en las arrugas que los enmarcaban. Pero sus labios seguían siendo los más sensuales que había visto en su vida: carnosos, firmes, irresistibles...

–En ese caso, me llevas ventaja.

Lissa levantó la mirada hacia la suya. No la había reconocido. Estupendo.

–Yo diría que estamos empatados.

–¿Por qué lo dices?

¿Sería posible que lo conociera? Ignorando los agarrotados músculos tras haber conducido desde Surfers bajo la lluvia y el terrible dolor de cabeza, Blake la observó atentamente mientras intentaba hacer memoria.

Hacía mucho que no estaba tan cerca de una mujer, y menos de una tan atractiva como aquella pequeña pelirroja cuyo olor era una fragancia exquisita comparado con el hedor a testosterona que reinaba en los buques de la Armada. A la luz amarilla su pelo brillaba con más fuerza que una bengala de socorro, y sus ojos eran tan verdes como una laguna tropical. Pero, al igual que las playas de aspecto virgen donde él solía buscar peligros ocultos, percibía una tormenta gestándose tras aquella mirada.

Y con razón. El viejo no le había dicho a la mujer que aquel barco era de Blake y que no podía alquilarse. Diez años atrás, cuando murió su madre, Blake se lo compró a su padre para ayudarlo a saldar sus deudas y para tener un lugar tranquilo y apartado donde hospedarse cuando estuviera de permiso en Australia. No había vuelto a poner un pie en aquel sitio desde entonces.

—Por lo que veo, estás aquí de alquiler. He estado en el extranjero, y mi padre…

—No estoy de alquiler. Mi hermano le compró este barco a tu padre hace tres años, así que ahora pertenece a nuestra familia. Es mi casa, de modo que… tendrás que buscarte otro sitio.

—¿Tu hermano compró el barco? —recordó la transacción y sintió un escalofrío. No debería haber confiado en un ludópata como su padre.

—Jared Sanderson.

¿Jared? El nombre le hizo examinarla más atentamente. El pelo rojizo y despeinado, los ojos de color azul verdoso, labios carnosos y torcidos en

10

una mueca de disgusto… Hacía mucho que había perdido el contacto con Jared, su compañero de surf, pero recordaba a su hermana pequeña.

–¿Eres Melissa? –seguía siendo baja de estatura, pero su cuerpo no era el de la niña que él recordaba. Era el cuerpo de una mujer adulta, y a Blake se le aceleraron los latidos al contemplar sus sensuales curvas.

Alzó la vista de nuevo hacia sus ojos, atisbando de pasada unos pechos grandes y turgentes y una generosa porción de escote blanco, antes de que ella se protegiera con los brazos.

–Siento haberte asustado, Melissa. Debería haber llamado a la puerta.

–Soy Lissa. Y sí, deberías haber llamado.

Los labios se le fruncieron en un mohín que él recordaba bien, pero aquella noche lo encontró extrañamente seductor.

–Lissa.

–Está bien, acepto tus disculpas, aunque me has dado un susto de muerte. No he llamado a la policía porque no tengo batería –lo miró con expresión recelosa–. ¿Qué haces aquí?

–¿Es que un hombre no puede volver a casa después de catorce años? –replicó él secamente.

–Me refiero a qué haces aquí, en el barco.

–Creía que el barco era mío –le había engañado su propio padre. Debería haber ido a verlo antes de ir hasta allí, pero no se había sentido capaz de soportar el inevitable enfrentamiento.

–No, no puede ser… –frunció el ceño con expresión confundida–. No lo entiendo.

11

–Es una larga historia –repuso él, frotándose el rasguño bajo la barbilla.

–Siento lo del golpe –murmuró ella, ruborizándose–. Voy a por…

–No hace falta. Estoy bien.

Ella no le hizo caso y se desplazó hasta un armario para alcanzar los estantes superiores. Al levantar los brazos la bata rosa se le subió hasta los muslos, firmes, esbeltos y bronceados.

Blake contempló sin disimulo su espectacular trasero mientras ella agarraba un botiquín y sacaba un tubo.

–Esto debería servir para… –se dio la vuelta y lo sorprendió mirándola, pero él no desvió la mirada. Era la mejor imagen que había visto en mucho tiempo.

Le tendió bruscamente el tubo, pero pareció cambiar de opinión, como si temiera el contacto físico, y lo dejó en la mesa.

–¿Y esa larga historia que ibas a contarme?

–Mañana volveré a Surfers y hablaré con mi padre y con Jared. Todo se arreglará –le aseguró. Le reembolsaría el dinero a Jared y ayudaría a Melissa… a Lissa a buscar otro alojamiento.

–¿Cómo se arreglará? Jared adquirió el barco cuando tu padre vendió la casa de Surfers para mudarse al sur. A Nueva Gales del Sur, creo. Nadie sabe exactamente adónde.

A Blake no lo sorprendió enterarse por otra fuente de la supuesta desaparición de su padre. Le había pagado a su padre por el barco el día que se marchó de Australia, pero sin llegar a firmar nada.

Los papeles nunca le llegaron, como había quedado acordado, y cuando llamó para pedirlos descubrió que los teléfonos estaban apagados y que las direcciones de los correos electrónicos eran incorrectas. El viejo no había dudado en aprovecharse de él para salirse con la suya, lo cual tampoco era ninguna sorpresa.

–¿Estoy en lo cierto al suponer que la casa también te pertenece? –preguntó ella, señalando la ventana. La tormenta predicha había estallado y un tremendo aguacero oscurecía la vista.

Blake asintió. Al comprar el barco había adquirido la casa de vacaciones de su familia.

–¿Y por qué quieres pasar la noche en el barco, cuando tienes una alternativa mejor? –quiso saber ella.

Blake había encargado que le llenaran la nevera de la mansión y airearan las sábanas, pero no había logrado encontrar la serenidad que necesitaba para instalarse. Demasiado espacio, demasiadas habitaciones, demasiados recuerdos... Incapaz de relajarse, agarró un viejo saco de dormir y se encaminó hasta la orilla con la esperanza de que la soledad y el aire marino aliviaran el terrible dolor de cabeza que sufría desde el accidente. Pero al parecer aquella noche no estaba de suerte.

–Tenía la esperanza de dormir un poco –lo último que esperaba era encontrarse alguien más allí.

–Pero como aquí estoy yo vas a volver a la casa, ¿verdad?

Esa había sido su primera intención. Pero el

inesperado cambio de planes lo había hecho darse cuenta de que no estaba tan cansado como creía, y de que no tenía ninguna prisa por darle las buenas noches a la encantadora Lissa Sanderson.

No, aquello no era del todo cierto. Era su cuerpo el que lo acuciaba a quedarse, a embriagarse con la deliciosa fragancia femenina, a volver a tocarle el brazo y sentir la exquisita suavidad de su piel...

Pero su cabeza no le permitiría ceder a sus más bajos instintos. En el ejército era conocido por la frialdad y serenidad que demostraba bajo presión, incluso en las situaciones más peligrosas. La misma frialdad que le echaban en cara las mujeres antes de cerrarle la puerta en las narices.

Lissa Sanderson, con sus apetitosas curvas y penetrante mirada, era un riesgo que debía evitar por el bien de ambos.

–Está bien, te dejaré en paz... Por ahora.

–¿Por ahora? –repitió ella con incredulidad–. ¡Esta es mi casa! –exclamó en tono desesperado–. No lo entiendes... ¡Necesito este sitio!

–Cálmate, por amor de Dios –las mujeres y sus reacciones exageradas–. Encontraremos alguna solución.

Por primera vez desde que pisó el barco miró a su alrededor y lo comparó con el aspecto que recordaba de años atrás, cuando pertenecía a su padre y Blake vivía en él.

Un sofá azul, hundido bajo el peso de cajas abiertas y cerradas, ocupaba el espacio donde una vez había habido un tresillo de cuero. La cocina permanecía igual, salvo por un microondas y un montón de papeles en el banco. La mirada de Blake se posó levemente en un aviso de pago sujeto con un imán en el frigorífico.

El barco estaba atestado de trastos. No quedaba ni un hueco libre. Lienzos apoyados en la pared, latas llenas de pinceles, lápices y carboncillos, camas cubiertas de revistas, libros, retales y paletas. ¿Cómo podía vivir alguien con semejante desorden?

Tal vez se debiera a la fragancia a flores o a las macetas que ocupaban un estante junto a una ventana, pero el caso era que se respiraba un aire relajante y hogareño bajo aquel caos doméstico. Blake no había experimentado nada igual desde que vivió con su madre, y se preguntó si podría conciliar el sueño en un lugar así.

Debería largarse de allí, buscar algo para alquilar en la costa mientras estuviera en Australia y olvidar que había visto a Melissa Sanderson. Lo único que quería era soledad.

Un goteo constante le llamó la atención. Levantó la mirada y vio caer una gota plateada a contra luz, seguida rápidamente por otra. La gotera debía de llevar bastante tiempo, a juzgar por el recipiente medio lleno que había debajo. Al examinar el techo con más atención vio otras manchas de humedad.

–¿Desde cuándo hay goteras?

Ella miró el techo y apartó rápido la mirada.

–Desde no hace mucho. Puedo arreglármelas sola, no es nada –declaró a la defensiva.

Interesante. Si Blake no recordaba mal, la joven Melissa era de todo menos independiente.

–¿Nada? Fíjate bien, encanto. Si el agua llega a esa toma de corriente tendremos un serio problema.

Ella volvió a mirar hacia arriba y frunció el ceño. Era evidente que no se había percatado de la magnitud de los daños.

Blake se fijó en el charco que se formaba junto a los pies de Melissa, rodeando el frigorífico.

–¿Es que no sabes lo que pasa cuando el agua entra en contacto con la electricidad?

–Claro que lo sé –espetó ella–. Y soy yo quien tiene un problema, no nosotros.

Él sacudió la cabeza.

–Me da igual de quién sea el problema. En estos momentos el barco no es un lugar seguro –habiendo visto los riesgos su conciencia no le permitiría dejarla allí sola.

Un relámpago iluminó la noche, seguido por un trueno que retumbó con furia.

–Tienes dos minutos para recoger tus cosas –dijo, golpeando la mesa con los nudillos–. Vas a dormir en la casa.

# *Capítulo Dos*

–¿Cómo dices? –Lissa lo miró furiosa. Era difícil fulminar con la mirada a alguien tan atractivo, pero ella no aceptaba órdenes de nadie–. No voy a…

–Tú eliges, Lissa. Puedes venirte tal y como estás, para mí no supone ninguna diferencia –le recorrió el cuerpo con la mirada, haciendo que le ardieran las zonas más íntimas–. Pero piensa que te vendría bien cambiarte de ropa.

Se acercó y ella se encogió involuntariamente al recordar la intimidación de otro hombre, grande y abusivo, al que ella había creído amar en una ocasión.

Reprimió el estremecimiento y lo empujó.

–Si no te importa… Estás invadiendo mi espacio –su tacto era recio y cálido, y la tentaba a olvidar sus temores y a sentir aquellos músculos y los latidos del corazón bajo la palma de la mano. Retiró la mano inmediatamente–. Voy a quedarme aquí, en este barco, por si ocurre algo.

–Algo va a ocurrir como no te vistas y te pongas en marcha ahora mismo.

Él dio un paso atrás. Por mucho que odiase admitirlo, tenía razón. ¿Qué haría ella si el agua llegaba a la toma de corriente? Nunca se había encontrado bajo una lluvia tan fuerte, y la situación había empeorado en las últimas horas.

—Está bien —aceptó lo más dignamente que pudo mientras se daba la vuelta y se encaminaba a su dormitorio—. Pero tú quédate aquí y vigila que no pase nada.

—Eso pensaba hacer.

¿En serio? Por lo visto aquel superhéroe era inmune a los peligros que él mismo había señalado. Mejor para ella. Ya tenía bastantes problemas sin necesidad de añadir un arrebatador espécimen masculino a la lista.

Agarró los vaqueros y la camiseta que había usado aquel día, reacia a cambiarse de ropa. Desnudarse con Blake Everett a pocos metros la colocaría en una posición muy vulnerable, algo que estaba decidida a evitar a toda costa.

Volvió junto a él y se puso a meter las cosas desperdigadas en dos cajas de plástico.

—Si de verdad tengo que abandonar el barco, he de llevarme todo esto conmigo a la casa.

—¿Todo? —repitió él, dubitativo—. ¿En serio lo necesitas todo?

—Hasta el último retal. Mi trabajo depende de ello. Soy diseñadora de interiores —actualmente desempleada, pero no iba a revelar aquel detalle.

—En ese caso, deja que te eche una mano.

—Bien —procedió a empaquetarlo todo rápidamente, intentando que la proximidad de Blake no la afectara—. ¿Puedes meter esos blocs en bolsas de plástico? —le pidió para alejarlo de ella.

Pocos minutos después lo tenían todo listo.

–Vendré por el resto cuando te hayas instalado en la casa –tuvo que alzar la voz para hacerse oír sobre la persistente lluvia.

¿Instalarse? Lissa se enderezó con una caja bajo cada brazo y su bolsa de viaje colgada al hombro. Si Blake quería jugar a rescatarla tendría que tolerarlo, siempre que sus cosas estuvieran a salvo.

–Gracias –murmuró a regañadientes. No quería recibir su ayuda.

Se puso las sandalias de goma junto a la puerta y abrió para salir a cubierta. Un torrente de agua le cayó encima donde debería estar seco. Miró hacia arriba y vio la lona ondeando al viento. Tal vez no quisiera la ayuda de Blake, pero estaba obligada a aceptarla.

Subió al muelle seguida por Blake. Las sandalias chapoteaban en el suelo encharcado al pasar junto a la piscina y la zona de recreo de camino a la amplia puerta de cristal.

Los dos últimos años había asistido al continuo ir y venir de gente guapa en la elegante mansión, y por fin le llegaba el turno de ver el interior. Estaría bien dormir rodeada de lujo para variar, y desde una perspectiva profesional estaba impaciente por ver la decoración.

Esperó a que Blake abriera la puerta y lo siguió al interior. Él pulsó un interruptor y la luz inundó la suntuosa estancia. Lissa alzó la vista hacia las diminutas esferas de cristal que rodeaban el globo central y que despedían una mirada de arcoíris por toda la sala. La ausencia de tabiques interiores le confería una atmósfera abierta y espaciosa. El techo de madera de color miel se elevaba a una altura de dos pisos, y una amplia escalera subía pegada a una pared de acento del mismo tono melado. El suelo de baldosas blancas se fundía con las paredes blancas y aumentaba la sensación de espacio. Junto a la pared de pizarra exterior había un gran sofá de cuero negro con cojines de color lima y mandarina. El resto del mobiliario era de teca y cristal.

Impresionante. Pero impersonal y un poco anticuado. Carecía del aire doméstico y acogedor que cabría esperarse en un verdadero hogar.

Un hormigueo de excitación le subió el ánimo. Podría preguntarle a Blake si quería redecorar la casa...

Dejaron las cosas en un rincón.

–Iré a por el resto dentro de un momento –dijo él de camino a la escalera.

Mientras la conducía a la entreplanta, Lissa intentó no fijarse en su firme trasero, enfundado en unos vaqueros negros, e intentó concentrarse en la decoración de las paredes.

Blake le mostró una amplia habitación con una gruesa moqueta de color crema y una abultada colcha a rayas negras y verdes. Los relucientes muebles negros estaban desprovistos de chismes y baratijas. La ventana daba a la casa vecina y al río, pero no se veía el barco.

Tal vez Blake la hubiese elegido a propósito, pensó Lissa mientras dejaba la bolsa y la ropa en un sillón forrado de seda junto a una cómoda. No habría forma de espiarlo y alimentar las fantasías más lujuriosas mientras lo veía trabajar desnudo de cintura para arriba, con los músculos en tensión y la piel empapada de sudor…

–La ducha está ahí –le indicó él, tras ella–. Aún no lo he comprobado, pero me han dicho que han llenado la despensa hoy, así que mañana puedes prepararte el desayuno.

Lissa se inquietó ante la posibilidad de que Blake decidiera echar un vistazo a su despensa o a su nevera, porque hacía más de una semana que no hacía la compra. Su precaria situación económica la obligaba a saltarse más de una comida, y el desayuno era un lujo que no podía permitirse.

–Recogeré el resto de tus cosas y le echaré una ojeada al barco. ¿Tienes algo que pueda usar para las reparaciones?

–Busca en la cubierta, junto a la puerta. Debajo de la lona. Y ten cuidado.

–Siempre lo tengo.

Se dio la vuelta y se alejó, y Lissa se quedó pensando en lo que le había dicho. ¿De verdad tenía siempre cuidado? ¿Y qué había pasado con Janine Baker? También Janine se había marchado del pueblo, sin que nadie supiera lo que había sido de ella y del bebé.

Esperó a que cerrara la puerta y buscó una vista mejor del río. Y de Blake. La encontró en el dormitorio principal. A la luz del salón que se derramaba en el patio, bañado por la lluvia, vio a Blake alejarse rápidamente por el camino, pasar junto a la piscina y continuar por el muelle. Su figura resultaba imponente e inquietante.

Desapareció en la cubierta y Lissa se giró para examinar el dormitorio. La luz del pasillo se proyectaba sobre la inmensa cama *king-size* desecha. La huella de la cabeza en la almohada le desató una ola de excitación en el estómago, como le ocurría cada vez que pensaba en él.

Se apretó la mano en el vientre y se obligó a calmarse. Blake había estado durmiendo allí. ¿Qué le había hecho levantarse y abandonar una cama tan cómoda para ir a una casa flotante en mitad de la noche?

Registró la habitación en busca de pistas. La bolsa yacía abierta junto a la pared, llena de ropa. Sobre la cómoda había un montón de folletos de barcos, junto a su pasaporte y algo de dinero. Se sintió tentada de mirar el pasaporte para ver dónde había estado, pero en vez de eso se acercó a la cama, agarró la almohada y cerró los ojos mientras inhalaba profundamente. Había pasado mucho tiempo, pero recordaba su inconfundible olor. Se le escapó un débil gemido…

–¿Va todo bien por aquí?

El corazón casi se le salió por la boca, las rodillas se le combaron y abrió los ojos. Blake estaba de pie en la puerta, con un brazo en el marco y la cabeza ligeramente ladeada. Al estar a contraluz no se podía distinguir su expresión, pero no debía de ser muy amable.

–Sí, sí. Todo bien –sonrió forzadamente y se apartó de la cama–. Quería… cerciorarme de que el barco seguía a flote –soltó una carcajada excesivamente aguda–. Es ridículo, ya lo sé. De paso estaba buscando una almohada extra, si no es un problema para ti. ¿Querías algo?

¿Qué clase de imagen estaba dando, ataviada con su minúscula bata, a oscuras, junto a la cama de Blake y formulando aquella pregunta? Apretó los labios antes de empeorar la situación.

–Mi teléfono –dijo él. Encendió la luz y la observó unos instantes antes de desviar la atención hacia la mesilla, vacía–. No lo habrás visto, ¿verdad? Estoy seguro de haberlo dejado aquí, por algún sitio.

Ella negó con la cabeza.

–A lo mejor se te cayó al suelo.

–O a lo mejor lo tiraste tú –señaló él en un tono ligeramente acusador.

Impaciente por escapar de la embarazosa situación, Lissa dejó la almohada en la cama y se arrodilló para ocultar el rubor de sus mejillas.

–¿Está ahí?

–Eh…

–¿Te echo una mano?

El ofrecimiento de Blake, formulado en aquella voz tan sensual y masculina, le evocó una imagen nada tranquilizadora.

–Ah –sus dedos se cerraron sobre un objeto de plástico–. Ya lo tengo.

Blake oyó su respuesta ahogada mientras admiraba el meneo de sus caderas. Tenía un trasero perfecto del que por más que lo intentaba no podía apartar la mirada.

La última vez que vio a Lissa era una chica tímida, desgarbada y flacucha de trece años, pero todo parecía indicar que seguía siendo igual de impresionable. Su melena castaña rojiza le ocultaba el rostro, pero Blake sabía que sus mejillas eran del mismo color que el pelo. Quizá le estuviera diciendo la verdad sobre la almohada, pero tenía serias dudas al respecto.

Se sentía atraída por él.

Se levantó y sostuvo el móvil lo más lejos posible de ella, como si estuviera ardiendo.

–Gracias –dijo él.

–De nada –una chispa prendió al rozarse sus dedos, pero no pareció darse cuenta, o no quiso demostrarlo, y se colocó el pelo tras las orejas, se enderezó y le sostuvo desafiante la mirada.

Blake examinó el móvil con el ceño fruncido.

–¿Esperas la llamada de alguien especial? –le preguntó ella.

–Tú siempre directa al grano, ¿no? Tengo que hacer unas llamadas –a un fontanero y a un electricista, pero podía esperar hasta el día siguiente.

–Tus herramientas no sirven para nada. He asegurado la lona sobre la gotera, pero solo de manera provisional. ¿Sabes en qué estado se encuentra el techo?

Ella apartó la mirada.

–Iba a arreglarlo.

Blake se giró hacia la puerta, pero un pensamiento le hizo darse la vuelta… y lo que vio le dejó la mente en blanco.

Lissa estaba agarrando la almohada por un extremo y lo miraba fijamente. Blake se imaginó yendo hacia ella, quitándole la almohada e inclinándose para aspirar el olor de su cuello, sintiendo el calor de su piel en los nudillos mientras le desataba el cinturón y le deslizaba la bata por los hombros, tumbándola en la cama para que le hiciera olvidar por qué había vuelto a casa…

Pero las mujeres bonitas y delicadas no merecerían que las usaran de aquella manera. Ella no se lo merecía.

Lissa arqueó una ceja, expectante, y Blake recordó lo que iba a preguntarle.

–¿Trabajas mañana?

Ella dudó.

–No, mañana no –respondió vagamente.

–De acuerdo –pero intuía que le estaba ocultando algo. Lo adivinaba en su mirada esquiva, y en la reacción que le había mostrado antes–. Entonces, buenas noches… Ah, y si necesitas una almohada hay otros tres dormitorios en los que buscar.

Al salir bajo la tormenta se preguntó si Lissa tenía intención de dormir en su cama. La idea de tener aquella piel suave y delicada entre sus sábanas y aquella fragancia femenina en su almohada le hervía la sangre en las venas. Aceleró el paso y se alejó de la casa lo más rápido que pudo.

Blake llevó el resto del material a la casa y volvió al barco a ver qué podía hacer. Cambió el pequeño contenedor bajo la gotera por un cubo y se valió de un periódico para absorber el agua del suelo. Al extender las hojas se fijó en un anuncio rodeado con un círculo rojo. Era una oferta de empleo para trabajar como ayudante en una tienda de ropa de playa, pero bajo el mismo estaba escrito «demasiado tarde», junto a una carita triste.

A Blake le extrañó. ¿Estaría Lissa buscando empleo y por eso no iba a trabajar al día siguiente?

Miró la factura pegada en el frigorífico. Era obvio que Lissa se encontraba en dificultades económicas y que no le había dicho nada a Jared, quien de haberlo sabido habría hecho cualquier cosa por ayudarla.

No tenía trabajo y vivía en unas condiciones peligrosamente precarias.

Blake no podía quedarse de brazos cruzados. No solo por su instinto de protección sino porque Jared había sido su mejor amigo, el hermano que nunca había tenido.

La lluvia seguía cayendo mientras examinaba de nuevo la cubierta. No se podía hacer nada hasta que pasara la tormenta.

Permaneció unos momentos en la cubierta, mirando la casa mientras el agua le chorreaba por el rostro y se le filtraba por la ropa. Necesitaba sentir el frío y la humedad para sofocar las llamas que lo abrasaban desde que había visto a Lissa y que se habían avivado salvajemente al verla con la nariz hundida en su almohada.

Pero no bastaba con el viento y la lluvia para apagar las llamas. Necesitaba una mujer.

Y tendría que intentar conciliar el sueño a pocos metros de una mujer enloquecedoramente sexy y atractiva.

# Capítulo Tres

Las veneras, maderos a la deriva y hojas de palmera cubrían la franja de arena dorada entre el bosque tropical y el mar. No había una sola nube en el cielo y el aire estaba impregnado de olor a vegetación y vida marina en descomposición. Un auténtico paraíso turístico.

Pero ni siquiera en sueños lo era. Porque el martilleo que le resonaba en la base del cráneo eran disparos enemigos.

Aquel día Blake había sido uno de los cinco buzos de salvamento en la playa. No iba a ser más que un ejercicio de entrenamiento rutinario... hasta que la selva explotó y el paraíso se convirtió en el infierno.

Expuestos y desprevenidos, devolvieron el fuego y echaron a correr. Pero el miembro más joven del equipo, Torque, se quedó paralizado, incapaz de reaccionar. Blake volvió sobre sus pasos esquivando las balas, agarró al muchacho y lo arrastró por la playa. Más disparos quemaron el aire y pasaron rozándole la cabeza. Torque soltó un último y agónico grito y se derrumbó contra Blake, haciéndole perder el equilibrio y caer contra las rocas. Y luego la oscuridad lo engulló todo...

Blake se despertó temblando, con la boca seca y el corazón golpeándole en las costillas. Estaba empapado de sudor y le dolía la cabeza. Le costó unos segundos recuperar el aliento.

Agarró los analgésicos de la mesilla y se los tragó sin agua. El médico se los había recetado al menos otra semana más, pero Blake se negaba a tomar somníferos a pesar de que no conseguía dormir más de un par de horas seguidas. Ojalá hubiera alguna poción mágica para eliminar las pesadillas...

Se incorporó y miró por la ventana. Aún no había amanecido y no quedaba ni rastro de la tormenta en el cielo tachonado de estrellas.

Incapaz de enfrentarse a más horrores nocturnos, se levantó y se puso unos pantalones cortos. Bajó al piso inferior, pasando junto al dormitorio donde Lissa debía de estar durmiendo plácidamente y sin pesadillas.

Se detuvo ante la puerta de cristal del salón y la abrió para que la brisa le refrescara el rostro. Casi podía oler la playa del sueño, las algas secas, la sangre recién derramada...

Oyó un ruido tras él y se giró con el puño levantado, siempre alerta.

Era Lissa. Tan frágil como una muñeca de porcelana, con los ojos muy abiertos y temblando de miedo.

Genial. Era la segunda vez que la asustaba en

una noche. Se maldijo en voz baja y se giró de nuevo hacia la ventana.

–¿Qué haces aquí?

–He oído un gri… un ruido.

Blake oyó el susurro de unos pies descalzos acercándose a él y ahogó un gemido al imaginarse esos pies entrelazados con los suyos.

–¿Y tú qué haces aquí?

No respondió. Cerró los ojos y aspiró su fragancia, fresca y pura. Lissa no sabía nada de las atrocidades que se cometían fuera de su pequeño mundo. Y él quería que siguiera así, protegida y segura. A salvo de él.

–¿Estás bien? –le preguntó ella preocupada.

–Sí. Vuelve a la cama.

–Pero… –su pelo, sedoso y fragante, le rozó la barbilla al colocarse delante de él–. Me pareció haber oído… –le posó la mano en el brazo–. ¿Seguro que estás bien?

Él abrió los ojos y se encontró con los grandes ojos de Lissa y sus carnosos labios, al alcance de los suyos…

Apenas le llegaba al hombro. Era tan pequeña y delicada… Levantó las manos para sujetarla y mantenerla a distancia, y sintió como tensaba los brazos.

Le deslizó las manos hacia los hombros, acariciando con los pulgares la hendidura de la clavícula. Había olvidado lo suave que era el tacto de una mujer, tan diferente del suyo.

Las palpitaciones lo sacudieron por dentro. Sería muy fácil inclinarse y tomar posesión de aquella boca hasta olvidarse de todo. Salvo que él jamás olvidaría. Nunca podría ser el joven despreocupado al que ella recordaba. Los restos de la pesadilla seguían aferrados a él como una mortaja, contaminando la inocencia de Lissa. Bajó las manos y se apartó de su cautivadora mirada.

–Márchate, Lissa. No te quiero aquí.

Apenas la oyó alejarse, y cuando miró por encima del hombro, ya había desaparecido. Lo invadió una mezcla de alivio y amarga frustración. No quería ofenderla, pero no podía hacer otra cosa.

Lissa se pasó las dos horas siguientes dando vueltas en la cama, mientras la habitación se iba iluminando lentamente.

En cuanto el barco estuviera arreglado podría marcharse de aquella casa, lejos de él y de la tentación. Pero no del hecho de que Blake reclamaba la propiedad del barco... La solución de aquel problema, sin embargo, no dependía de ella, de modo que no tenía sentido darle más vueltas al asunto.

Apartó la sábana y se levantó. Abrió la ventana para escuchar el canto de los pájaros y sentir la humedad de la aurora. Apoyada en el alféizar, contempló las casas palaciegas a lo largo de la orilla, con sus lujosos veleros anclados en el río. Un helicóptero sobrevoló el vecindario y aterrizó en un helipuerto privado.

Oyó un chapoteo al otro lado del alto muro de cemento. Gilda Dimitriou, la vecina, con quien

Lissa había hablado algunas veces, se estaba bañando en la piscina como cada mañana. Era un miembro de la alta sociedad muy conocida por sus obras benéficas. Su marido, Stefan, era un pez gordo de las finanzas y solían dar muchas fiestas en casa. Lissa debía de ser la única persona en cien kilómetros a la redonda sin una ocupación de prestigio y sin una abultada cuenta bancaria.

Nadie, ni siquiera su familia, conocía sus apuros económicos. Por algo se había pasado el último año y medio demostrando que podía arreglárselas sola en Mooloolaba.

Pero el negocio de diseño para el que trabajaba había tenido que cerrar por culpa de un contable inepto, y ella se había quedado sin más ingresos que los que obtenía por limpiar un par de oficinas tres horas a la semana.

Se dijo a sí misma que no era más que un pequeño bache en el camino y recogió la ropa que había llevado consigo. No quería ver a Blake hasta haberse duchado y arreglado un poco el pelo.

El cuarto de baño era tan grande como su barco, con azulejos blancos, grifos dorados y gruesas toallas de color azul que olían a suavizante. Acostumbrada al mísero goteo del barco, la presión del chorro era tan deliciosa que se pasó un buen rato bajo el agua, reflexionando sobre su situación. No había renunciado a la idea de montar su propio negocio. Necesitaba demostrar que era capaz, después de las fuertes discusiones con su hermano que la habían obligado a mudarse allí. Mooloolaba era una pequeña ciudad de ricos en

Sunshine Coast, al sureste de Queensland. La mayoría de sus habitantes pagarían sumas desorbitadas por una simple redecoración de sus casas. Solo había que encontrarlos y convencerlos de que necesitaban sus servicios.

Había salido adelante trabajando como limpiadora mientras buscaba en los periódicos e internet el trabajo deseado, pero hasta el momento no había tenido suerte. Los ricos preferían contratar los servidos de las grandes empresas. Por eso había que ofrecerles algo nuevo y diferente si quería salir del agujero y darse a conocer.

Para ello le bastaría con aprovechar el nombre de su hermano. Jared era muy conocido y respetado en el negocio de las reformas. Pero no lo haría bajo ningún concepto. Tenía que demostrar que podía hacerlo sola. Y después de haber llegado tan lejos sería muy humillante admitir que Jared había estado en lo cierto.

De modo que tendría que seguir trabajando de lo que fuese… Cosa difícil, habiendo tan poca oferta.

Pero lo primero era desayunar con un hombre de reacciones imprevisibles.

Lissa tenía las tostadas untadas de mantequilla y el café recién hecho cuando Blake apareció en la cocina a las siete en punto. Sabía que era una persona extremadamente puntual y organizada que lo planificaba todo hasta el último detalle.

Se había preparado para verlo, pero el corazón

le dio un vuelco cuando Blake entró en la cocina vestido con unos vaqueros y una camiseta caqui con un diseño de sangre y alquitrán en el pecho. Parecía más tranquilo, aunque su expresión seguía siendo fría y distante. Se había duchado y parecía tan fresco como el nuevo día.

Mejor fingir que no había sucedido nada la noche anterior.

—Buenos días —le sonrió e intentó que no se le derramará el café al servirlo en una taza—. ¿Café?

—Nunca tomo café, pero gracias —respondió con voz grave y profunda. Abrió la alacena y sacó una caja de té Earl Grey. Agarró una tetera y la puso a hervir.

—El agua acaba de hervir —dijo ella, desesperada por romper el incómodo silencio—. ¿No te gusta madrugar? —le preguntó en tono animado.

Él la miró brevemente mientras vertía el agua de la tetera en una taza.

—Siempre me levanto a las cinco en punto, llueva o haga sol. ¿Y tú?

Lissa lo observó un momento.

—A esa hora suelo volver a casa —la mirada que Blake le echó hizo que deseara haber mantenido la boca cerrada—. Los fines de semana… Algunos. De hecho, si estás libre esta noche hay una fiesta en la playa… —dejó la propuesta a medias al ver que apretaba la mandíbula—. Mejor no.

No se lo imaginaba en una fiesta, pensó mientras sorbía el café. Tenía que olvidar su enamoramiento adolescente, recobrar la compostura y recordar que Blake quería quedarse con su barco.

–¿Cómo se ven los daños esta mañana?

–Todavía no lo he comprobado –añadió azúcar y se sentó frente a ella en la mesa–. Anoche corté la electricidad y lo cerré todo.

–Oh, me preguntaba qué estabas haciendo en… –se mordió el labio y deseó haberse mordido la lengua.

–Hay que reformarlo a fondo –repuso él, hojeando unos folletos de barcos que había llevado a la cocina–. Podría llevar bastante tiempo.

Lissa estaba segura de que la situación no era tan grave y de que Blake solo pretendía mantenerla a distancia, pero no le iba a servir de nada. Después de desayunar iría a echar un vistazo por sí misma. No había ido antes porque pensaba que Blake estaba allí y no quería pillarlo durmiendo, por si acaso dormía desnudo…

Sofocó la ola de calor que se le arremolinó en el vientre y se unió a él en la mesa, empujando el plato de tostadas al centro.

–Te olvidaste de incluir los huevos en la lista de la compra.

–Con las tostadas está bien –respondió él, dándole un mordisco al pan.

–¿Piensas salir a navegar mientras estés aquí? –le preguntó, fijándose en los folletos.

–Quizá esté pensando en comprarme uno –dijo él sin levantar la mirada.

–¿Pero no estás en la Armada?

–Ya no –alzó la vista y miró a lo lejos–. Imagínate… navegar en solitario por la costa, fondeando donde quieras, sin horarios, sin agendas, sin exigencias de ningún tipo… Tan solo tú, dejándote llevar por la marea.

–Suena… mágico. ¿Entonces has dejado la Armada?

–Sí –dobló la esquina de una página para marcarla y cerró el folleto–. Voy a llamar a un fontanero y a un electricista. ¿Conoces a alguno?

Obviamente no quería hablar de la Armada ni de sus motivos para abandonarla.

–Hasta ahora no he necesitado a nadie –mordisqueó el borde de su tostada–. Jared conoce a muchos, pero está de viaje.

La expresión de Blake se animó al oír el nombre de su hermano.

–¿A qué se dedica Jared?

–Tiene una empresa de construcción en Surfers. En estos momentos está de vacaciones en el extranjero, con su familia. Llevan fuera casi dos meses.

–¿Jared está casado?

–Sí. Él y Sophie tienen un hijo de tres años, Isaac.

–Me alegro por él –sus labios se curvaron en una de sus rarísimas sonrisas y a Lissa le dio un brinco el corazón. A aquel paso iba a necesitar que la viera un cardiólogo–. ¿Los ves a menudo?

Ella se rellenó la taza de café y asintió.

–Los veo cada dos semanas, sin contar los cumpleaños y celebraciones. Pero siempre voy yo a Surfers. Una casa flotante no es lugar para niños, demasiado peligroso. Y Crystal tiene dos hijos –no le dijo que después de haberse marchado de casa

Jared le había dejado muy claro que no iría a verla a Mooloolaba a menos que lo invitara expresamente.

Él la miró mientras soplaba su té.

–¿Cuándo volverá de sus vacaciones?

–En un par de semanas.

–Necesitaré su número de teléfono. Me gustaría ponerme al día con él después de tanto tiempo, y además tengo que hablarle del barco.

El barco… Hablaba como si ya le perteneciera.

–No –apretó los dedos en torno a la taza–. No puedes hablar del barco con Jared.

–¿Por qué no? –la observó fríamente–. ¿Es que no pagas el alquiler?

–Claro que sí –se había retrasado en el pago del último mes, pero le había asegurado a Jared que lo tendría para el final de la semana.

Siempre que encontrase otro trabajo…

Jared se pondría furioso cuando se enterara de la gotera, pero Lissa había querido demostrarle que no necesitaba a nadie. Y aún peor, Blake le diría que el barco era suyo. Lissa no sabía quién era el dueño legal del barco, pero no podía dejar que Blake se lo arrebatara. ¿Qué sería de ella?

–Lissa.

Sus miradas se encontraron y ella empezó a temblar. La forma en que pronunciaba su nombre la hacía estremecerse y sentirse estúpida, igual que siempre.

–¿Qué? –preguntó, sabiendo que no le gustaría nada lo que iba a decirle.

–Olvídate de Jared y del barco por el momento

y háblame de ti. De tu lugar de trabajo, por ejemplo –sus últimas palabras fueron tan afiladas y penetrantes como su mirada.

Ella se encogió en la silla. Era peor de lo que había temido. Mucho peor.

–Ya te lo he dicho. Soy diseñadora de interiores.

–Pero en estos momentos no tienes trabajo, ¿verdad?

Se le formó un doloroso nudo en el estómago. Quiso apartar la mirada del hombre con quien había soñado durante tantos años, pero aquellos no eran los ojos que recordaba de sus fantasías, sino los ojos de un severo profesor que exigía ver los deberes que no había hecho.

Apoyó con firmeza las manos en la mesa. No tenía sentido seguir negándolo.

–Mira, ahora mismo tengo algunos problemas, pero no es asunto tuyo.

–A lo mejor puedo ayudarte –dijo él sin ofenderse.

¿Ayudarla? Blake era la última persona de la que querría recibir ayuda. Quería que se largara y dejara de hacerle preguntas embarazosas, pero eso no iba a ocurrir.

–¿Conoces algún negocio de diseño de interiores que necesite personal por aquí cerca? –preguntó con una sonrisa forzada.

–¿Es eso lo que realmente quieres?

¿Tan ociosa y holgazana la veía?

–Por supuesto que sí. Estudié muy duro para sacarme el título y no quiero dedicarme a otra cosa.

Blake observó su taza mientras la giraba en la mesa.

–Entonces, ¿estás buscando trabajo o tu intención es montar algo por tu cuenta?

Ella respiró honda y resignadamente. En cierto modo era un alivio hablar de sus problemas con alguien.

–Está bien –se miró las manos para no tener que mirarlo a él–. No he podido dedicarme al diseño desde que el negocio para el que trabajaba se fue a la quiebra. Actualmente trabajo de limpiadora unas horas a la semana, lo que no me permite ahorrar el dinero que necesitaría para montar mi propio negocio.

–¿Y Jared no puede prestártelo?

–No quiero la ayuda de Jared. Tuvimos algunas… discrepancias, y me vine aquí porque necesitaba espacio.

–¿Espacio?

–Espacio e independencia –se encogió de hombros–. Después de graduarme trabajé dos años en una tienda de diseño en Surfers, pero sé que puedo aspirar a algo más que a trabajar para otra persona. Jared me dijo que no tuviera prisa. Discutimos, me marché, y él no se lo tomó muy bien que digamos.

Blake la observó en silencio unos segundos.

–Lo siento.

A Lissa le pareció que lo lamentaba de veras, pero intentó no darle importancia.

–Seguimos hablándonos –le aclaró. Pero al fin se daba cuenta de que Jared tenía razón al aconsejarle que no corriera tanto–. Me gustaría ser autónoma, pero la gente de aquí no quiere arriesgarse a contratar a una desconocida.

–No eres una desconocida a menos que te veas así. Sé de lo que hablo, créeme.

Lissa le sostuvo la mirada, serena y azul. No solo era un héroe protector y extremadamente eficaz, sino también un modelo de optimismo y motivación.

Pero ella no estaba preparada para volver a confiar en un hombre, ni siquiera en Blake Everett. Tener a otro hombre en su vida, aunque solo fuera como amigo, era un salto que no estaba segura de poder dar.

–Saldré adelante. Ya encontraré cualquier cosa –¿de verdad lo creía? ¿O simplemente quería ocultarle su fracaso a aquel hombre en concreto?–. ¿Cuánto tiempo te quedarás aquí?

–Todavía no lo he decidido. Un par de meses, quizá…

La expresión de Lissa no dejaba lugar a dudas: quería que él se marchara lo antes y lo más lejos posible. Pero al mismo tiempo se veía un inconfundible brillo de atracción en sus ojos. Y el cuerpo de Blake reaccionaba con un ardor indeseado.

No era el único que se sentía confundido allí. Pero, dejando a un lado las emociones y la atracción, era obvio que Lissa necesitaba ayuda económica para llevar a cabo sus planes. Y era igual de obvio que su orgullo le impedía aceptar la ayuda de su hermano.

Solo Blake podía ayudarla.

Estaba en deuda con Jared.

–¿Has pensado cómo sería ese negocio, Lissa?

–Pues claro –se inclinó hacia delante con entusiasmo–. En pocas palabras: calidad, estilo e innovación mediante la experiencia y la formación.

Esbozó una sonrisa tan satisfecha que Blake sospechó que llevaba tiempo deseando soltarle su eslogan a cualquiera.

Blake había heredado una fortuna al morir su madre, y además poseía varias inversiones inmobiliarias. Pero en aquellos momentos se sentía hastiado y desilusionado y necesitaba un desafío, una distracción, algo nuevo que prendiera la llama.

La visión de Lissa Sanderson prometía ese reto. Él quería ayudarla; no solo porque era la hermana de Jared, sino porque era joven, ambiciosa y estaba llena de entusiasmo. Blake solo tenía treinta y dos años, pero quería recuperar la energía y la pasión que le faltaba a su vida.

–Ah, y tiene que ser ecológico –continuó ella–. Hay que trabajar a favor y no contra el medio ambiente. Y colores. Muchos colores… –se calló al mirarlo a los ojos y se puso colorada–. Creo que me estoy entusiasmando más de la cuenta.

También él. Las ideas de Lissa y la pasión que transmitían sus palabras le contagiaban su entusiasmo. Pero sobre todo era ella. Sus ojos, brillantes y expresivos, su pelo, reflejando el sol de la mañana, su piel blanca y perfecta…

Apretó los puños y reprimió el impulso de alargar los brazos hacia ella. Solo era atracción sexual, nada más. Una reacción perfectamente normal en un hombre sano y excitado ante una mujer apetecible.

Pero la verdad era que Lissa lo atraía de una manera inexplicable. Y Blake no quería ni necesitaba las complicaciones que acompañaban al deseo sexual. No quería hacerle daño. Y para evitarlo tendría que mantener una relación estrictamente profesional.

–Estoy buscando algo para invertir –dijo con cautela–. Un negocio, por ejemplo.

Ella se quedó muy rígida en la silla, frunciendo el ceño mientras asimilaba sus palabras. Sus ojos cambiaron de color, adquiriendo un tono mucho más oscuro.

–Si estás pensando lo que creo que estás pensando, olvídalo –le dijo fríamente. Se levantó y se alejó unos pasos–. No necesito tu caridad.

–No estoy hablando de donaciones ni limosnas –le aclaró amablemente–. La caridad era cosa de mi madre. Lo que estoy sugiriendo es que seamos socios. Yo pondré el capital inicial, pero tú serás la responsable de llevar el negocio.

Ella se giró, completamente erguida. Parecía más alta de lo que era.

–¿Quieres decir que serías como… un socio capitalista?

–Exacto.

–¿Por qué?

–Porque todo el mundo merece una oportunidad, y me gusta lo que he visto hasta ahora.

Ella frunció el ceño y se cruzó de brazos, atrayendo la atención de Blake a su escote.

–¿A qué te refieres?

–Anoche le eché un vistazo a tu trabajo antes de traer el resto de tus cosas.

Lissa lo miró muy seria. ¿Qué sabía él de diseño de interiores? Acababa de mirarle el escote... ¿Pretendería financiar su negocio a cambio de sexo?

No. Eso jamás. Nunca se rebajaría a eso. Ni siquiera para salir de una situación dramática o para alcanzar el éxito, ni aunque fuera con Blake Everett.

–Encontraré a mi propio socio, gracias.

–Podrías tardar mucho en encontrar a la persona adecuada, y el tiempo es un lujo que no puedes permitirte. Mientras tanto vives sin un centavo y en unas condiciones lamentables.

Tenía razón. ¿Por qué demonios tenía que hablar con tanta sensatez?

–Por tanto, ¿qué tal si me aceptas como socio hasta que encuentres a otra persona? Alguien con dinero y con talento para el diseño que quiera desempeñar un papel más activo. Cuando encuentres a esa persona, renegociaremos nuestro acuerdo.

Lissa se apoyó en el fregadero y bajó la mirada al suelo, sintiendo cómo volvía a brotarle el entusiasmo en su interior. La solución que le proponía Blake resolvería sus problemas más acuciantes. Podría pagar las reparaciones del barco, saldar sus deudas y, tal vez, solo tal vez, probar suerte en la carrera que siempre había querido.

–Pero hay una condición –dijo él.

Lissa lo miró con el corazón encogido.

Blake observó su expresión recelosa y la mueca de sus labios. Obviamente se esperaba que le sugiriera una aventura sin compromiso. Y maldito fuera si no se sentía tentado. Pero era su dinero el que iba a arriesgar.

–Quiero ver cómo trabajas, así que me gustaría que redecorases el salón. Lleva diez años igual y es hora de hacerle algunos cambios. Te pagaré, naturalmente.

Lissa se enderezó y los ojos volvieron a brillarle.

–¿Me darías carta blanca para reformarlo?

–Totalmente. Y si los dos quedamos satisfechos con el resultado…

–Espera un momento. Antes has dicho que solo estarás aquí un par de meses.

–Para algo están Internet y el correo electrónico.

–¿Y tu participación se limitaría a poner el dinero y ya está?

–A menos que me pidas ayuda, que estaría encantado de dar. Pero te advierto, amante de las fiestas, que el trabajo y los negocios son lo primero. Nada de volver a casa al amanecer.

–Que fuera la chica más fiestera de Costa de Oro no significa que lo siga siendo. Ya no tengo dieciocho años, y mis preocupaciones son otras. De vez en cuando voy a alguna fiesta, es cierto, pero ¿no lo hace todo el mundo? –lo miró y negó con la cabeza–. No, parece que no.

–Si aceptas, tendré el dinero en una cuenta esta misma tarde.

Lissa asintió lentamente.

–De acuerdo. Pero no quiero que Jared lo sepa. Al menos no de momento.

–Así que todo quedará entre nosotros… –la expresión de Lissa se oscureció y él supo que estaba pensando en lo que acababa de aceptar–. Solo es un acuerdo temporal, Lissa, hasta que encuentres a alguien más.

Ella asintió y respiró profundamente.

–Está bien. Trato hecho.

# *Capítulo Cuatro*

–Tendremos que ponerlo por escrito –dijo él con más dureza de la que pretendía, recordando el fiasco del barco. Habiendo sido traicionado por su padre no volvería a confiar a ciegas en nadie nunca más, fuera quien fuera.

–Claro –entrelazó los dedos sobre la cabeza y se echó a reír mientras daba vueltas en la cocina–. Me pondré a ello enseguida –se acercó bailando a él y le echó los brazos al cuello–. Gracias.

Los pechos, firmes y sin la barrera de un sujetador, le rozaron el torso y le desataron una corriente de deseo en la entrepierna. Pero antes de que pudiera responder, ella se detuvo, con los ojos abiertos como platos, y se echó hacia atrás.

–Voy… voy a tomar algunas notas al salón antes de que cambies de idea –se dio la vuelta y salió corriendo.

Lissa se aferró el cuello con las dos manos en un vano intento por sofocar la ola de calor mientras subía a su habitación. Se había dejado llevar por la emoción y prácticamente se había arrojado sobre Blake…

Entró en el baño y se echó agua fría en la cara, sin mirarse al espejo. Después se sentó en la cama y respiró hondamente mientras intentaba asimilar la conversación y la generosa oferta de Blake. Una oferta condicionada por el resultado de su trabajo.

Cuando recuperó el aliento y la compostura, bajó al salón y sacó su material. Por suerte, no había ni rastro de Blake.

Abrió el bloc por una hoja en blanco e hizo un esbozo del salón. Estaban en una localidad costera, de modo que elegiría un tema de playa o de agua. Elegante y sencillo, sin aquellos muebles y...

Levantó la mirada cuando se encendió la luz del techo.

–¿Alguna idea?

Oyó a Blake tras ella, pero no se giró. Nada de distracciones.

–Tonos azules y motivos marinos. Estoy pensando en un color turquesa apagado. Tiene matices fríos y cálidos, por lo que se puede combinar con cualquier color. Haría mucho juego con la pared de pizarra. Un toque de verde lima o incluso de rojo. O si optamos por un turquesa más oscuro, el dorado le daría un efecto impresionante y quedaría muy bien con la madera –agarró las muestras de color azul y eligió dos–. ¿Puedes imaginarte las paredes con esos colores o es demasiado oscuro para ti?

–Lo dejo a tu criterio profesional.

–Pero, ¿podrás vivir con ese color? –se acercó a la pared de pizarra y sostuvo en alto las muestras.

–No estaré aquí.

Blake no miraba las muestras, sino la tentadora franja de piel entre los vaqueros y la camiseta. Y en

46

lo único que podía pensar era en el tacto de los pechos de Lissa contra su torso.

Necesitaba volver a sentirlos. Se acercó a ella por detrás y aspiró la fragancia de sus cabellos.

–El más oscuro.

Oyó cómo ahogaba un gemido de asombro mientras examinaba sus uñas, pulcramente recortadas, contra la muestra de color. Cuando ella no se apartó, le rodeó la cintura con las manos y deslizó los dedos por la piel que le quedaba al descubierto.

Ella bajó las manos por la pared, dejando caer las muestras al suelo. Blake la giró muy despacio y la miró fijamente.

–Voy a besarte, aunque sé que no debería hacerlo. Eres la hermana pequeña de Jared.

Los ojos de Lissa se abrieron desorbitadamente.

–No se lo diré si tú no se lo dices –susurró.

Él se acercó más, sintió su aliento en la cara y el calor de su cuerpo en el pecho.

–No voy a mentirle. Es mi amigo y a los amigos no se les miente. Es una cuestión de honor, pero en estos momentos no me siento especialmente honrado –agachó la cabeza.

–Después de todo este tiempo... –murmuró ella contra su boca.

–Después de todo este tiempo, ¿qué?

–No importa –el jadeante susurro brotó de sus carnosos labios. El ardor que emanaba de su piel, el roce de sus pezones endurecidos... No, corroboró él en silencio. Fuera lo que fuera, no importaba.

La erección le palpitaba dolorosamente en los vaqueros. Deslizó una mano hasta su trasero y la apretó contra él para aliviar la presión.

Pero no sirvió de nada. El roce de unos vaqueros contra otros aumentó la excitación y la dureza de su miembro. Ella se frotó contra sus piernas y se detuvo un instante al sentir el contacto de la erección contra el vientre.

Clavó la mirada en sus ojos, maravillada, y le rodeó el cuello con los brazos.

–Increíble.

–Créetelo –replicó él.

Lissa sostuvo la mirada de aquellos ojos azules enmarcados por espesas pestañas y deseó hundirse en ellos. Deslizó los dedos por el corte de pelo militar y soltó un suspiro que brotó de las profundidades de su alma.

Pero entonces la asaltó un pensamiento que la hizo vacilar. ¿Sabía Blake lo que siempre había sentido por él? ¿Pensaba aprovecharse de aquella certeza?

La erección de Blake la acuciaba a seguir. Y ella se moría por hacerlo, pero...

–Espera –se soltó y lo empujó con firmeza.

Él frunció el ceño y torció el gesto, pero siguió con las manos en su cintura.

–¿Estás bien?

–Eh... Sí –no, evidentemente no sabía nada.

Pero ¿hasta qué punto lo conocía ella realmente? ¿Serían ciertos los rumores que circulaban de él? Ella no sabía nada... Nunca había tenido relación con él, salvo algún que otro saludo.

Había creído conocer a Todd. Había confiado en él con todo su cuerpo y corazón, y él había abusado de esa confianza. La inquietud se transformó en pánico y se zafó con brusquedad.

–Espera, ¿adónde vas? –tiró de ella y la rodeó con los brazos, como dos barras de hierro.

La invadió una horrible sensación de claustrofobia.

–Me acabo de acordar de que... tengo algo que hacer.

–No –le puso un dedo bajo la barbilla para levantarle la cara–. No –repitió, en tono más suave pero no menos autoritario, y le agarró la barbilla para besarla.

Toda resistencia era inútil. Se había resistido contra Todd cuando él había intentado hacerle lo mismo, una y otra vez, mientras se sentía morir por dentro. Pero con Blake todo era distinto.

Porque el instinto le decía que podría apartarse en cualquier momento. Con Blake todos sus temores se disipaban como una neblina bajo el sol tropical. Lo único que sentía era el deseo de entregarse por igual, de dar y recibir, y una acuciante necesidad de seguir explorando.

La barba incipiente de Blake le raspaba la barbilla. Las piernas le temblaban y se agarró a su camiseta para no caer rendida a sus pies. Sentía la dureza de sus músculos y los fuertes latidos de su corazón.

Nunca había experimentado una pasión semejante. Antes de que Todd la hiciera sentirse una completa inútil en las artes amatorias, había vivido libremente su sexualidad y no se había acobardado ante sus deseos. Pero nunca había sentido aquella abrumadora conexión emocional que la invadía por completo con Blake.

Separó ansiosamente los labios para que él introdujera la lengua. Al principio ligeramente, tanteando, pero luego empezó a explorar con avidez los recovecos de su boca. Le resultaba sorprendentemente fácil abandonarse a las emociones que se apoderaban de su cuerpo y olvidarse de todo salvo de aquel deseo salvaje.

Blake nunca hubiera imaginado que la pasión podía enlazarse con una delicadeza semejante. Las manos le temblaban mientras ladeaba la cabeza para acceder mejor a la dulzura que Lissa le presentaba, y las levantó para entrelazar los dedos en su sedosa melena rojiza. Su piel clara y sus relucientes ojos le recordaban a una muñeca de porcelana en miniatura, frágil y quebradiza, por lo que tuvo cuidado de contener su peligrosa fogosidad.

Algo la había asustado un momento antes, pero su actitud había cambiado radicalmente y se aferraba a él como si hubiera sido hecha para tal propósito.

Un gruñido se elevó por la garganta de Blake mientras le apretaba las manos en los omoplatos, poniendo a prueba las reacciones de ambos. Bajó por la espalda hasta su espectacular trasero y la apretó más contra él.

Pero cuando tuvo la erección pegada a su vientre y oyó su gemido de excitación, se olvidó de todo salvo del deseo salvaje por poseerla. Subió las manos hasta sus pechos, espoleado por un apetito voraz e insaciable, una impetuosa e irreflexiva necesidad por llenar el vacío con el que había aprendido a vivir.

Agachó la cabeza y le acarició el pecho con los labios hasta encontrar el pezón, erecto y puntiagudo.

–Sí… –murmuró ella.

Se lo metió en la boca y lo sorbió con avidez a través de la tela, mientras deslizaba las manos bajo la camiseta para sentir la exquisita piel del vientre. Mordió el pezón y ella se arqueó hacia atrás con un fuerte gemido que le avivó aún más el fuego de la entrepierna. Llevó la boca al otro pecho y le subió la camiseta hasta las costillas para acariciarle la parte inferior de sus perfectas curvas.

Entonces ella le puso las manos en el pecho.

–Blake… para.

Desconcertado, la miró a los ojos y comprobó que seguían ardiendo con la misma pasión que a él lo consumía.

–Está bien, lo haremos en un sitio más cómodo.

Le pasó un dedo por el cuello de la camiseta, pero ella lo agarró de la mano.

–Nada de favores sexuales.

Él frunció el ceño.

–¿Eso es lo que te parece? ¿Un favor sexual a cambio de mi ayuda?

–No lo sé…

¿Tan pobre era la opinión que tenía de él? De repente supo el motivo. Lissa había creído los rumores que circulaban de él.

–Lo que estamos haciendo es sellar el acuerdo con un beso –murmuró con voz áspera–. Y tú pareces estar disfrutando tanto como yo.

–No es solo un beso.

Y entonces Blake comprendió lo que le estaba diciendo. Comprendió sus dudas, su inseguridad, su «después de todo este tiempo», su renuencia a dar explicaciones...

Era virgen.

Y él había estado a punto de separarle las piernas y penetrarla contra la pared. ¿Cómo no iba a pensar mal de él?

Apretó los dientes y se apartó con cuidado. Los sueños virginales de Lissa se basaban en el amor y el compromiso, no en una violación salvaje contra una maldita pared. Ni hablar.

Lissa jadeaba en busca de aliento, después de que Blake la hubiera besado como si su vida dependiera de ella y la hubiese dejado sin aire en los pulmones. Se sentía como si estuviera despertando de un sueño justo en el momento más interesante.

Sus pezones, sensibles y doloridos, suplicaban más atenciones. ¿Por qué lo había detenido? ¿Por qué había interrumpido la experiencia más excitante de su vida con el hombre que había protagonizado todas sus fantasías?

Porque a aquellas alturas necesitaba algo más.

No conocía lo bastante bien a Blake para compartir aquella intensidad. Pero sí conocía su reputación...

–Vamos demasiado rápido –dijo con voz jadeante–. En estos momentos me interesa más recibir ingresos que cualquier otra cosa. No puedo permitir que nada me distraiga de ese objetivo, de modo que necesito concentrarme en la reforma del salón, ¿de acuerdo?

Blake no le devolvió la sonrisa, seguramente porque ella ni siquiera era consciente de haber sonreído. Los labios le escocían y era como si pertenecieran a otra persona.

–Entendido –se metió las manos en los bolsillos–. Me ocuparé de preparar el contrato al detalle –hablaba como si estuviera mordiendo trozos de chatarra, sin el menor rastro de emoción en su mirada ceñuda.

–Bien. Cuanto antes mejor –su mano pugnaba por tocarlo y decirle… ¿qué? ¿Que había cambiado de opinión y quería que acabara lo que había empezado, mandando al infierno todo lo demás?

–Conozco una abogada –dijo él, con una voz tan rígida como el bulto que se adivinaba en sus pantalones–. Veré si sigue trabajando en la ciudad y la llamaré enseguida.

Lissa se mordió el labio y bajó la mirada a las manos.

–Muy bien.

Blake se giró sobre los talones y abandonó el salón. Lissa lo vio marcharse, con el corazón desbocado y los labios mojados. Con Blake seguía siendo la chica ingenua que no sabía cómo actuar con los hombres.

Pero su futuro profesional era lo más importante en aquellos momentos. Si algo salía mal entre ellos podría perder la oportunidad que se le presentaba para darle un empujón definitivo a su carrera.

Sin embargo tenía que admitir que Blake no había intentado aprovecharse de ella. Se había detenido nada más pedírselo. Incluso había tenido en cuenta a Jared y el sentido del honor. ¿Cuántos hombres actuaban con honor? Blake era un tipo decente. Los rumores tenían que ser falsos.

Todd era el motivo por el que no confiaba en los hombres. Su atractivo había ocultado su lado más siniestro. El Sapo le había mentido sobre su pasado y había jugado con sus sentimientos. Un hombre sin honra ni moral. Todo lo contrario a Blake.

Pero no iba a pensar en las increíbles sensaciones que acababa de experimentar con él. De ninguna manera. Aquel camino solo podía conducir al desencanto y la amargura, porque Blake podía marcharse en cualquier momento.

Lo que debía hacer era concentrarse en la labor que tenía por delante, y demostrarle a todos, a Blake, a su familia y a ella misma, que podía ser la mujer competente y triunfadora que anhelaba ser.

Con renovado entusiasmo recogió las muestras de pintura y un retal de tela dorada para ponerse manos a la obra, pero Blake asomó la cabeza por la puerta.

–¿Puedes estar lista para salir en media hora? –la recorrió lentamente con la mirada, deteniéndose en las manchas de humedad que le había dejado en la camiseta.

Lissa sintió que el rubor le cubría el cuello y las mejillas.

–Claro.

–Estupendo –la miró brevemente a los ojos y volvió a marcharse.

Ella se miró la camiseta y los vaqueros. Obviamente tendría que cambiarse de ropa.

Blake regresó al estudio, satisfecho con la prontitud de los preparativos. Deanna Mayfield era una vieja amiga de la escuela que ejercía la abogacía en Mooloolaba. Se había divorciado dos veces y se había mostrado encantada al saber de él, hasta el punto de cambiar su agenda para recibirlos.

A continuación llamó a un fontanero y a un electricista para que fueran aquella misma tarde, y luego se conectó a Internet para buscar tiendas de ropa masculina. De esa manera consiguió mantener la cabeza ocupada y no pensar en lo que había ocurrido en el salón. Muy fácil, de no ser porque aún sentía el sabor de Lissa en los labios y su olor impregnándole la ropa.

Le había hecho una oferta de trabajo y un segundo después la estaba besando. Y no había sido un simple beso. Tan cegado estaba por la pasión que ni siquiera se había parado a pensar que pudiera ser virgen.

¿Cuántas mujeres seguían siendo vírgenes con veintitrés años?

¿Estaría buscando al hombre perfecto? ¿O tal vez no había encontrado al hombre con el suficiente vigor para encender su fuego? Blake prefería la segunda opción. No podía ser el hombre perfecto para ninguna mujer y ya había atisbado las llamas de pasión en sus ojos.

Tamborileó con los dedos en la mesa. El problema con las vírgenes era que le daban demasiada importancia a los sentimientos, y lo último que él necesitaba era una mujer emocional que esperase algo más.

Lissa era la hermana de Jared. Acostarse con la hermana de un amigo era una cosa, pero cuando la susodicha hermana era virgen… No, eso sí que no.

Tenía que recordar los términos de su acuerdo, concentrarse en los objetivos marcados y mantenerse alejado de su cuerpo. De su enérgico, voluptuoso y virginal cuerpo.

Cuanto antes acabaran las reparaciones del barco, antes podría… Un chillido desgarrador lo hizo levantarse de un salto y correr hacia la puerta.

Lissa miraba, aturdida e incrédula, el espacio que hasta unos momentos antes había ocupado la casa flotante.

–Oh, Dios mío, Dios mío, Dios mío… –murmuraba en un débil susurro, después de haber gritado hasta quedarse sin voz. Las piernas le temblaban.

Aquello no podía estar pasando. Tenía que ser un sueño, una pesadilla… Oyó abrirse la puerta y las maldiciones y pisadas de Blake, pero no se dio la vuelta, siguió mirando las aguas revueltas y la forma rectangular que desaparecía bajo la turbulenta superficie.

—¡No!

—Lissa —la agarró firmemente por los hombres—. Todo va a salir bien.

Las burbujas subían a la superficie mientras su hogar se hundía. Lissa lo contemplaba impotente y temblorosa.

—¿Que todo va a salir bien? Mi barco, mi casa, mi vida… Todo se ha perdido. ¿Y me dices que todo va a salir bien? —se llevó las manos a la cara—. ¿Por qué me ocultaste hasta qué punto la situación era grave? ¿Por qué no me dijiste que sacara todas mis cosas del barco?

Era absurdo culpar a otra persona por sus errores, pues no soportaba que le dijeran lo que debía hacer.

—Hemos salvado lo más importante…

—¡He perdido toda mi ropa! —gritó, y ambos miraron en silencio cómo una forma de color claro se elevaba de las profundidades. Dos pequeños montículos asomaron en la superficie como dos islotes desiertos.

—Bueno, puede que toda no —murmuró él. Se arrodilló y sacó un sujetador amarillo del agua.

—¡Cállate! ¡Te odio! —fue vagamente consciente de que, en circunstancias normales, la habría excitado ver los largos dedos de Blake en su ropa interior. Pero en aquellos momentos solo sentía rabia y vergüenza.

Le arrebató la prenda, sin atreverse a mirar a Blake. ¿Por qué tenía que ser él, precisamente él, quien asistiera a su derrota?

–Lo siento, no debería haber dicho eso –se disculpó y la estrechó entre sus brazos–. Pero sé que la Lissa que yo conozco, la Lissa fuerte y decidida, saldrá adelante.

–¡No sabes cómo soy! Ni siquiera te fijabas en mí. Para ti solo era una cría…

–Una cría decidida y con las ideas muy claras.

–Sí, claro –quería decir «cabezota, mimada, caprichosa e irresponsable». Y aquella tragedia lo demostraba. Tenía la obligación de cuidar el barco de Jared y…

–Lo más importante es que estás a salvo –le murmuró él al oído.

¿A salvo? ¿Cómo iba a estar a salvo cuando no tenía donde vivir?

–Solo son cosas, Lissa. Nada que no pueda reemplazarse.

–¡Son mis cosas! –exclamó, sintiendo cómo le caía una lágrima por la mejilla–. Mis muebles, mis adornos, el broche de mi madre… Puede que para los demás sean tonterías, pero para mí lo eran todo. Me he dejado la piel por todo, hasta la última vela perfumada. Y antes de que lo preguntes, no, no tengo seguro –lo había perdido dos meses antes por falta de pago.

Blake la apretó con fuerza y le susurró palabras de consuelo.

–¿Sabes? Podría meter todas mis cosas en una camioneta y estaría perfectamente.

Ella lo miró para ver si estaba bromeando. ¿Cómo podía alguien meter toda su vida en el maletero de un coche? No podía creerlo.

–Tienes esta casa… –apoyó la frente en su pecho–. Esta mansión.

–Cierto.

Cerró los ojos y dejó de luchar. La verdad era que si no hubiese sido por él, si no le hubiera insistido en que durmiera en la casa, a esas horas ella también estaría en el fondo del río.

Él se retiró, sin soltarle los brazos.

–Parece que ya no necesitaremos los servicios del fontanero.

Ella abrió los ojos y vio la mancha que su sujetador empapado le había dejado en la camiseta. Lo miró a los ojos y, por una vez, se abandonó al consuelo de tener a alguien en quien apoyarse.

–¿Y ahora qué?

# Capítulo Cinco

Blake hizo las llamadas pertinentes para que reflotaran y remolcaran el barco, y Lissa agradeció poder contar con su serenidad y sentido común en aquel momento de crisis. Necesitaba tiempo para recuperarse, después de que casi todo su trabajo, sus fotos, libros y objetos personales se hubieran perdido irremediablemente.

Se sentó en la cama y miró alrededor. También necesitaba tiempo para asimilar el hecho de que, hasta que empezara a ganar dinero, aquel sería su dormitorio. Tenía que recomponerse y convencerse de que aún podía ser una mujer independiente, pero que no había nada malo en aceptar ayuda.

La ayuda de Blake.

Se miró en el espejo de la pared. El desastre había borrado momentáneamente la excitación por el trabajo… y por el beso, pero al ver su reflejo volvió a sentir que le ardía la sangre en las venas.

Se sacudió las sensaciones y se concentró en maquillarse para ocultar la angustia. Debía olvidar aquel momento de lujuria pasajera y aceptar la sugerencia de Blake para quedarse en su casa, aunque su primera reacción había sido negarse.

No le quedaba otra opción. Volver a Surfers y enfrentarse a Jared era impensable después de haberse marchado como una cría inmadura un año y medio antes. Además, en una hora estaría firmando el contrato que la convertiría en socia de Blake. Tenía que quedarse en Mooloolaba. Y los alquileres estaban por las nubes...

Se había jurado que nunca volvería a convivir con un hombre. Vivir con Todd había sido la peor experiencia de su vida. No solo por los abusos físicos, sino también por las mentiras y la humillación. Y lo peor era que se lo había ocultado a aquellas personas que podrían haberla ayudado. Había sido una ingenua y había acabado con el corazón destrozado.

Blake no era Todd, no era como Todd, pero ella había perdido la confianza en sí misma para elegir al hombre adecuado.

Había quedado en reunirse con Blake en el salón antes de ir a ver a la abogada. Bajó las escaleras a la hora convenida. Blake se había puesto una camisa blanca, abierta por el cuello, que realzaba su piel bronceada y sus anchos hombros. Los pantalones eran entallados, se ceñían a sus poderosos muslos y...

Desvió la mirada a la pared de madera, abochornada porque la hubiese sorprendido mirándole la entrepierna, y dijo lo primero que se le pasó por la cabeza.

–Definitivamente el turquesa oscuro. Y aquí un cuadro moderno que recoja la esencia de Mooloolaba.

–Tú eres la experta.

El brillo de sus ojos le confirmó a Lissa que sabía lo que estaba pensando.

–Primero nos ocuparemos de la documentación, luego iremos al banco y después podrás ir de compras.

¿Cómo podía negarse? Necesitaba ropa desesperadamente.

–Te… te devolveré el dinero. Hasta el último centavo. Puedes descontarlo de mis honorarios cuando acabe el salón.

–No te preocupes ahora por eso. Pero tengo algunos asuntos que atender, así que nos veremos más tarde en esta dirección –le tendió una tarjeta y una llave–. Es un edificio de mi propiedad. Antes se usaba para exposiciones de coches, pero lleva tiempo vacío y creo que sería un buen lugar para montar un negocio de diseño. Podrías echarle una ojeada y darme tu opinión. No te olvides de teclear el código de seguridad. El panel está a la derecha de la puerta.

–Gracias –metió la tarjeta en el bolso, un poco más animada.

–¿Qué pasa con Jared? ¿No deberías contarle lo que está pasando?

–No quiero estropearle las vacaciones.

–Es tu hermano.

Lissa se colgó el bolso al hombro, sintiendo la mirada crítica de Blake. Lo que había entre ella y su hermano no era asunto de nadie más.

–Lo llamaré después, ¿de acuerdo?

–¿Qué quieres hacer con tus pertenencias?

–Me gustaría salvar lo que pueda. Pero seguramente se haya echado todo a perder por la sal y la mugre –se mordió el labio para sofocar un sollozo. De lo contrario se arrojaría en sus brazos y se pondría a llorar.

Y tal vez, pensó mientras se dirigía hacia la puerta sin esperar, aquella era la intención de Blake.


Después de ver a la abogada, Blake la dejó en el Sunshine Plaza con su nueva tarjeta de débito. Acordaron que cuando acabase de comprar iría en taxi a la dirección de la tarjeta y se encontrarían allí a las cinco y media.

Entró en el centro comercial y se limitó a comprar lo básico, sabiendo que tendría que reembolsarle el importe a Blake. Compró ropa interior, útiles de aseo, ropa informal, un par de faldas y trajes de chaqueta y un vestido corto y negro.

No pudo resistirse a adquirir un frasco de su perfume favorito y un par de CD. Compró además un bloc de dibujo, carboncillos y lápices.


Luchando contra el incesante dolor de cabeza que llevaba martirizándolo durante dos horas, Blake caminó hacia el solitario edificio que se levantaba al otro lado de la calle. Una de las razones que lo convencieron para comprarlo había sido su ubicación, cerca de otros negocios pero no en una zona superpoblada. Sorteó el incesante tráfico que recorría la calle y entró en el edificio con comida para llevar, bebidas y cubiertos de plástico.

El interior, vacío, seguía deslumbrándolo, con un suelo de madera pulida que relucía como un lago dorado. El edificio tenía un techo de madera abovedado y unas bonitas ventanas cuyos cristales de topacio y zafiro proyectaban una paleta de colores en la escalera de caracol que subía al entrepiso, suspendido sobre una tercera parte de la cavernosa estancia. Le habría recordado a una iglesia de no ser por la voz de Robbie Williams, que sonaba desde arriba.

Cruzó la planta baja, con la caja bajo el brazo, pero cuando llegó a lo alto de la escalera se detuvo en seco al ver a Lissa. Estaba bailando descalza al ritmo de la música que sonaba. Junto a ella, en el suelo, había un bloc abierto. Había estado dibujando algo. Los últimos rayos de sol que entraban por la única ventana del entrepiso encendían la melena rojiza de Lissa y teñían su piel de un sugerente resplandor dorado.

Blake permaneció inmóvil en la penumbra de la escalera, conteniendo la respiración. Lissa se había puesto una camiseta blanca sin mangas y unos pantalones cortos, también blancos, que dejaban al descubierto sus estilizadas piernas. Sus pies se movían con rapidez y agilidad y sus brazos trazaban un elegante arco sobre la cabeza, tenía la mirada fija en algún punto lejano y una sonrisa curvaba ligeramente sus labios.

Era como ver a un ángel.

Podría haberse quedado una eternidad mirándola, pero ella se giró y lo vio, y el momento mágico se perdió.

Por un instante lo observó con ojos muy abiertos. Parpadeó como si saliera de un trance y bajó lentamente los brazos. El sudor le empapaba la piel y respiraba agitadamente, atrayendo la mirada de Blake a la oscilación de sus pechos.

—Hola —lo saludó en un tono natural y despreocupado, rompiendo la tensión.

—Hola.

Se agachó para cerrar el bloc y a Blake le llegó una bocanada de exótico perfume.

—He encontrado este viejo reproductor de CD… —se volvió a agachar para bajar el volumen—. ¿Cuánto tiempo llevas ahí?

—No mucho.

—Bailar me alivia el estrés. Y también el chocolate —agarró una tableta a medio comer que había junto al reproductor—. Supongo que me he dejado llevar.

—¿No te gusta compartir?

—Claro, lo siento —le tendió la tableta.

—No me refiero al chocolate, sino a tus dibujos —señaló el bloc.

—Solo son unas ideas para tu salón. Pero no podrás verlas hasta que haya terminado.

Lissa se lamió una mancha de chocolate en la comisura de los labios, y Blake la observó fascinado, deseando ser él quien lo hiciera.

—¿Qué tienes ahí? —le preguntó ella.

Se había olvidado por completo de la caja. Sacó la bolsa y la sostuvo en alto.

–Pensé que tendrías hambre, pero ya veo que estás bien abastecida.

–El chocolate no cuenta. Me muero de hambre, y sea lo que sea huele muy bien. A ver si lo adivino –cerró los ojos y aspiró profundamente–. Mmm... comida india.

–Espero que te guste el pollo con mantequilla y el arroz jazmín.

–Me encanta. Dame –alargó el brazo hacia la bolsa, pero Blake la subió aún más.

–Aún no.

Ella hizo un mohín con los labios y puso los brazos en jarras.

–Antes respóndeme a una pregunta. Hoy dijiste que me odiabas. ¿Sigue siendo verdad?

–¿Dije eso? –preguntó con el ceño fruncido–. No lo recuerdo... Pero claro que no te odio.

–Bien. Yo a ti tampoco.

–¿Aunque haya sido una idiota?

–No eres una...

–Sí que lo soy. Me siento responsable del lío en el que me he metido y de los problemas que te ha causado.

–Nada que no podamos superar –se reprendió mentalmente por haberle hecho recordar el desastre de aquella mañana. Su intención era consolarla, no agobiarla.

–Menos mal, ya que acabamos de firmar un contrato que nos convierte en socios. Pero ¿no podríamos tener esta conversación después de haber comido?

Él se acercó.

–He estado pensando en ti.

–Querrás decir en el beso –se encogió de hombros y se giró, negándose a seguirle el juego para atrapar la bolsa.

–Ah… el beso –las mejillas de Lissa se cubrieron de rubor–. Pues ya que sacas el tema…

–Yo no he sacado el tema, has sido tú –se arrodilló en el suelo y se puso a recoger sus bártulos–. Tengo cosas más importantes en las que pensar.

–Yo también –dejó la comida en el suelo–. Pero el caso es que tú estás en medio de esas cosas.

Ella empezó a retirar las tapas.

–Lo siento si eso te molesta.

–Me las arreglaré.

–Seguro que sí. Estás sobradamente cualificado. ¿A qué me dijiste que te dedicabas?

Sus ojos estaban llenos de interrogantes, pero Blake no iba a satisfacer su curiosidad. Ni la de nadie.

–Era buzo de salvamento. Como ya te dije, he abandonado la Armada –fin de la historia.

Ella esperó unos segundos, pero al no recibir más detalles se giró hacia la ventana.

–Dentro de poco oscurecerá, y no parece que haya luz en el edificio.

Blake agradeció el cambio de tema. No iba a confesarse con Lissa Sanderson. Era la clase de mujer que querría ayudarlo a consolar su alma.

En el caso de que él siguiera teniendo alma…

–Menos mal que he traído esto –sacó una caja de velas de té y colocó media docena a lo largo de la barandilla.

–Estás en todo, ¿no?

–Es mi vena práctica –respondió mientras encendía las velas–. No estaba seguro de que la compañía eléctrica pudiera conectar el suministro a tiempo.

Se sentó en una esquina de la alfombra y le pasó un plato a Lissa, quien lo llenó como si no hubiera comido en una semana.

–¿Qué te parece el edificio? –le preguntó mientras se servía un poco de arroz.

–Es precioso –respondió ella con la boca llena de pollo–. Realmente precioso. Justo lo que necesitamos.

Blake descorchó la botella de champán.

–¿Has pensado en la decoración?

–Sí. Te lo enseñaré más tarde, cuando bajemos.

Él le tendió una copa y levantó la suya.

–Un brindis por nuestra nueva sociedad.

–Por el éxito.

«Por nosotros», quiso añadir. Pero a pesar de las velas y la canción de amor que sonaba en el reproductor, aquella no era una cena romántica. Que Blake afirmara pensar en ella no quería decir que lo hiciera de una forma romántica. Seguramente tenía cientos de mujeres ansiosas por recibir una llamada suya.

–¿No te gusta el champán? –le preguntó él.

–Sí, mucho. Gracias –tomó un sorbo–. La Armada debe de pagarte muy bien.

Él se encogió de hombros.

–No está mal.

–¿Solo eso? –obviamente no quería hablar de

su trabajo, ni de cómo podían estar bebiendo uno de los champanes más caros del mercado.

–Cuando no estoy en el mar vivo en un cuartel. Nunca he tenido que pagar una hipoteca, de modo que he invertido en comprar propiedades, como este edificio –pinchó un trozo de pollo, pero no se lo llevó a la boca–. En el caso de que te estés preguntando si soy un capo de la droga, te diré que mi madre me dejó una cuantiosa herencia.

Su expresión no delataba ninguna emoción por la pérdida de su madre. Lissa recordó el accidente de coche que se cobró la vida de Rochelle Everett, una celebridad muy respetada en toda la Costa de Oro por sus obras benéficas.

–Sentí mucho lo de tu madre, Blake. Hizo una gran labor social.

Blake observó la carne en su tenedor.

–Sí que la hizo –se metió la carne en la boca y la acompañó con un largo trago de champán.

Lissa sintió que un muro infranqueable se levantaba entre ellos. ¿Qué llevaba a un hombre a encerrarse en sí mismo? Cada vez que ella intentaba acercarse, él la frenaba en seco. Pero en sus ojos no solo se adivinaba un profundo sufrimiento, sino también un amargo rencor.

Ella no conoció a su madre; murió al dar a luz. Muchos años después descubrió que era la hija bastarda de un artista ambulante con quien su madre tuvo una aventura. El hombre al que creía su padre estaba muerto. Pero no podía imaginarse lo que sería perder a Jared, quien había sido como un padre y una madre para ella, o a Crystal.

La madre de Blake, sin embargo, había sido una buena persona que se había desvivido por ayudar a los más necesitados. ¿Por qué Blake se mostraba entonces tan resentido?

Se pasó el resto de la comida hablando de temas menos controvertidos. Lo hizo reír con la historia de cómo Jared había conocido a Sophie y le contó divertidas anécdotas de sus sobrinos.

Blake le habló a su vez de sus días de surfista con Jared.

Al acabar de comer, Lissa apagó el reproductor y recogió los platos, y Blake guardó la botella medio vacía en la caja. Habiendo agotado los temas seguros de conversación, Lissa esperó a que Blake dijera algo o llenase el vacío con… lo que fuera. Él la miró en silencio a la seductora luz de las velas, y Lissa se estremeció con anticipación. Incluso le pareció ver chispas ardiendo entre ellos.

Pero Blake no la besó. No se dejó seducir ni persuadir por aquellas chispas. En vez de eso se levantó, se acercó a la barandilla y apagó las velas, quedándose a oscuras salvo por la luz que llegaba de abajo. En la penumbra resultaba más severo e impenetrable que nunca.

–Creo que va siendo hora de que me cuentes tus ideas para este sitio.

Blake dejó que Lissa lo siguiera y soltó un suspiro ahogado mientras bajaba la escalera. Una mujer hermosa y complaciente, velas y champán. Podría haber sido suya. Allí mismo, en el suelo, podría haber cedido a la tentación que lo mantenía excitado día y noche.

Podría haberla desnudado y haberse deleitado con su voluptuosa belleza. Podría haberle recorrido las curvas con las manos, haberse introducido en ella, haber presenciado su reacción... Y lo que estaba haciendo era alejarse.

Sacudió la cabeza. Tendría que ser otro hombre el que introdujera a Lissa en los placeres del sexo, porque para él era un territorio vedado.

El dolor de cabeza se intensificaba a cada minuto. Fogonazos de luz le nublaban la visión y las náuseas le revolvían el estómago. El alcohol no lo había ayudado, pero hizo un gran esfuerzo por superar las molestias. No podía dejar que nadie viera sus puntos débiles. Aquel había sido siempre su mantra y no iba a cambiarlo.

Al llegar abajo aminoró el paso para que ella lo alcanzara. Las pisadas resonaban en el local vacío mientras atravesaban el suelo de madera.

Un espacio grande y desaprovechado, lleno de posibilidades, que esperaba a tener un uso. Igual que se encontraba él en aquellos momentos de su vida.

Lissa se detuvo junto a él y le rozó el brazo con el hombro.

—Muy bien, ¿por dónde empezamos?

A Blake le gustaron sus ideas y se permitió sugerir algunas propias. La visión que tenía Lissa para el local era muy interesante, a pesar de ser la primera vez que lo veía, y un entusiasmo desbordado acompañaba sus explicaciones y comentarios. Propuso una zona de oficinas, otro espacio donde los clientes pudieran esperar cómodamente mientras hojeaban revistas y catálogos, zonas de muestra con retales de colores, papel pintado y estantes para exhibir originales objetos de cristal o cerámica. Y también una zona interactiva con pantallas táctiles donde los clientes pudieran elaborar sus diseños.

Acabada su explicación, le sugirió a Blake colgar algunas de sus obras en las paredes. Había salvado un par de sus piezas favoritas y podría crear algunas más.

Él se limitó a asentir en silencio, sin que fuera posible adivinar lo que estaba pensando.

—Si estás de acuerdo, puedo trabajar en una de las habitaciones libres de la casa. Así no te molestaré.

—Claro. No tengo nada que hacer en estos momentos. Y nunca he visto trabajar a una artista.

La idea de que la observara le produjo un escalofrío.

—No sé… —dijo con una risita—. Nunca he trabajado con público.

Al mirarlo, sin embargo, dejó de sonreír. Los ojos de Blake revelaban un conflicto emocional tras su mirada serena.

Lissa quería ser la persona que traspasara aquellas defensas y lo ayudase a vencer sus demonios internos. Se olvidó del peligro, del trabajo y de que no quería acabar con el corazón roto y le puso las manos en los brazos, que Blake mantenía cruzados en el pecho. Se puso de puntillas y lo agarró por la nuca para tirar de su cabeza hacia ella, lenta y suavemente, anhelando volver a probar su sabor.

Sintió que él aflojaba los brazos y se inclinaba hacia ella. El olor de su piel la envolvió y su acelerada respiración le acarició la boca.

Y entonces sus labios entraron en contacto y a Lissa se le desbocó el corazón. ¿Cuánto tiempo había pasado desde que tuvo el coraje de provocar sexualmente a un hombre? Le introdujo los dedos en los antebrazos para que los separase y así poder apretarse contra su amplio y recio torso. Él murmuró algo y Lissa sintió la tensión de su cuello al resistirse y echarse atrás. Blake descruzó del todo los brazos, pero en vez de abrazarla los dejó caer a los costados.

–Lissa –la miró fijamente, sin rastro del calor que unos segundos antes emanaba de sus ojos–. Esta tarde he llamado a Jared.

Le costó unos segundos asimilar lo que había oído, invadida por una gélida sensación de traición.

–Has roto nuestro acuerdo… ¿Qué has hecho, registrar mi agenda a mis espaldas?

–Busqué el número de Crystal e Ian. Ian se acordaba de mí y me dio el número de Jared, y…

–No tenías derecho.

–Te equivocas. Era lo que debía hacer. Lo único que podía hacer.

–No –le clavó un dedo en el pecho–. Lo que yo quiera decirle a Jared es asunto mío y de nadie más.

–¿Y qué habrías hecho, dejar que se pasara por

el muelle de regreso a casa y no viera ni rastro del barco ni de ti?

–Él jamás se habría pasado sin avisarme antes. Es lo que se llama «comunicación».

–No se puede decir que os hayáis comunicado mucho últimamente, ¿verdad?

–¿Y tú? ¿Acaso te has molestado en comunicarme lo que pensabas hacer?

–Estabas comprando.

–¿Y qué?

–No quería tener esta conversación por teléfono.

–Te dije que iba a contárselo a Jared.

–¿Cuándo? Él te quiere y sin embargo lo has mantenido al margen.

–Eso no te da derecho a meterte en mis asuntos.

¿Qué le habría dicho exactamente a Jared?

–¿Le has hablado también del seguro impagado y del mal estado en que se encontraba el barco? ¿Le has dicho que tú eres el propietario? –se calló porque se había quedado sin aliento y porque Blake no intentaba defenderse de sus acusaciones. Simplemente estaba esperando a que acabara su diatriba. Tranquilo y sereno, salvo por el delatador tic de su mandíbula.

–El barco se ha perdido. No tiene sentido decirle que mi padre lo vendió dos veces. Y supongo que Jared lo tendrá asegurado. Que decida reemplazarlo o no es cosa suya.

–Eso es muy...

–Le he contado lo ocurrido –continuó él sin

perder la calma–. Y le he dicho que estabas sana y salva conmigo.

«Conmigo». ¿Por qué aquellas palabras se le clavaban en el estómago?

–¿No le has dicho nada de nuestro acuerdo?

–Este acuerdo es entre tú y yo.

Ella asintió. Se sentía pequeña y patética. Se había precipitado al sacar sus conclusiones y había acusado injustamente a Blake.

–Pero eso no significa que puedas seguir ocultándolo durante mucho más tiempo –añadió él.

¿Y qué pasaba con el beso? ¿También pretendía contárselo a Jared? Blake no sería tan imprudente de compartir aquello con su hermano.

Y pensar que había estado a punto de volver a besarlo solo para hacer que se sintiera mejor.

También él había querido besarla. Su deseo no podría haber sido más evidente, hasta que soltó lo de Jared. Sin duda sabía cuál sería la reacción de Lissa. Era como si hubiera estado buscando una razón para no ceder al deseo que ardía entre ellos.

Debería sentirse aliviada de que Blake se hubiera detenido a tiempo. Al fin y al cabo, ella le había dicho horas antes que iban demasiado deprisa.

–Está bien –tuvo que esforzarse para mantener un tono razonable y no ponerse a chillar–. Pero me hubiera gustado que me lo dijeras antes. Mi intención era llamarlo esta noche.

–Aún puedes llamarlo.

*\*\**

Lissa mantuvo la boca cerrada en el corto trayecto.

–He cambiado de opinión –murmuró cuando se detuvieron junto a la casa–. Creo que sí te odio.

Descargaron el coche, evitándose el uno al otro. Al acabar, Blake dijo que iba a consultar su correo y se dirigió a una habitación que parecía un estudio con intención de encerrarse allí.

–Espera.

Él no se detuvo y ella se le adelantó para cerrarle el paso.

–Si no quieres besarme, no necesitas improvisar ninguna excusa para mantenerme a raya. Soy una mujer adulta. Lo superaré.

Blake permaneció inmóvil e inexpresivo unos segundos.

–Ten cuidado con lo que dices, Lissa –la advertencia sonaba más a promesa que a amenaza.

Pero su imperturbable actitud la sacaba de quicio. ¿Por qué tenía que comportarse como un lobo solitario? Lissa sintió ganas de sacudirlo hasta hacerlo reaccionar. Quería entender la angustia que veía en sus ojos cuando bajaba la guardia. Quería saber el porqué.

–Puedo superar el rechazo –insistió–. Puedo superar la desilusión. Y también puedo conti… –se calló al recibir su implacable mirada y dio un paso atrás.

Los ojos de Blake adquirieron un color oscuro y amenazador, y por un breve instante a Lissa le pareció un desconocido. Instintivamente dio otro paso atrás y él avanzó.

–¿Crees que puedes conmigo? –la agarró por los brazos y sus muslos chocaron al llevarla de espaldas hasta la pared, sin apartar su implacable mirada de la de ella.

Y cuando la tuvo inmovilizada y acorralada, la apretó contra él y la besó, sin darle tiempo a reaccionar, con una pasión salvaje mientras le agarraba con fuerza el pelo.

Pero casi enseguida levantó la cabeza.

–No estás preparada para lo que me gustaría hacerte –le murmuró, antes de apartarse y dejarla aturdida, temblorosa y jadeante, con los ojos abiertos como platos y fuertes palpitaciones en la entrepierna.

–¿Y qué te gustaría hacerme, para lo que según tú no estoy preparada?

Él tragó saliva, apretó los puños a los costados y Lissa se lo imaginó empujándola de nuevo contra la pared, arrancándole la ropa y haciéndola enloquecer de placer con sus manos y su lengua.

–Sería un error.

Ella se lamió los labios.

–¿Cómo lo sabes?

–Te sugiero que subas a tu habitación y duermas un poco –repuso él.

–La noche es joven –exclamó ella con un ánimo que no sentía–. Creo que voy a ir a esa fiesta.

Blake dudó un momento en la puerta, antes de cerrar tras él con firmeza.

Lissa suspiró con una extraña mezcla de frustración y satisfacción. No tenía intención de ir a ninguna parte, pero él no tenía por qué saberlo.

# Capítulo Seis

La playa estaba cubierta de moluscos, maderas y hojas secas. Los disparos resonaban en su cabeza, como el ruido de sus pisadas en la apelmazada arena.

Blake miró hacia atrás. Torque estaba agachado en la arena, inmóvil. Esquivando los balas, volvió a por él y lo arrastró por la playa. Torque se desplomó con un último y agónico grito, haciéndole perder el equilibrio. Blake cayó sobre las rocas y…

—Blake. Blake, despierta.

Se despertó con un sobresalto. La voz de Lissa era suave pero firme. Una ola de alivio lo invadió al abrir los ojos. El televisor, sin volumen, proyectaba un resplandor fantasmagórico en las paredes del salón. Estaba tenido en el sofá y Lissa se había sentado en el reposabrazos, mirándolo con preocupación. Recordó haberse tendido allí al no poder conciliar el sueño en el estudio.

El alivio dejó paso rápidamente a la humillación. ¿Cuánto tiempo había estado Lissa observándolo?

—¿Estás bien?

Sus dedos, frescos y delicados, le acariciaron la frente. Blake le apartó el brazo.

–Sí –tenía la boca seca, pero no sabía si era porque Lissa lo hubiese pillado durmiendo o por verla con aquel camisón blanco que permitía vislumbrar sus pezones a través de la fina tela.

Cerró los ojos y se imaginó sumergiéndose de nuevo en el frío y oscuro océano.

–¿Te sigue doliendo?

Volvió a abrir los ojos. Lissa estaba mirando la caja de analgésicos que había en la mesa.

–No. Estoy bien.

–No me lo parecía.

Blake se maldijo en silencio. ¿Habría gritado en sueños? Se incorporó.

–¿Cómo ha estado la fiesta? No te he oído llegar –no se había percatado de hasta qué punto le molestaba que Lissa se divirtiera por su cuenta hasta que se oyó a sí mismo con tanto sarcasmo.

–Nunca lo sabrás si no vas –repuso ella, ofreciéndole un vaso de agua–. Parece que necesitas esto más que yo.

Él se tragó la mitad del agua y le devolvió el vaso.

–Gracias.

Ella no parecía tener ninguna prisa por marcharse, porque se sentó sobre sus pies y sorbió tranquilamente el resto del agua.

–Debió de ocurrir algo terrible para que decidieras volver a casa después de tanto tiempo, y no dejo de preguntarme qué pudo ser.

Blake también se preguntaba por qué había

elegido aquel lugar para recuperarse. Podría haberse ido a Acapulco o Hawái y buscar el consuelo de alguna chica nativa y complaciente. Pero por alguna razón qué aún tenía que descifrar, y que desde luego no era el amor a la familia, había decidido regresar a Australia.

—No voy a fingir que no te he oído en sueños —continuó ella—. El estrés postraumático no es algo de lo que avergonzarse. A lo mejor yo podría ayudarte.

—¿Estrés postraumático? —soltó una áspera carcajada—. No sabes de qué estás hablando. Sufro migrañas de vez en cuando, ¿y qué? —se levantó del sofá y se alejó rápidamente hacia la escalera.


Lissa apenas se detuvo para aspirar la fragancia del jardín tropical al salir al exterior. No tenía tiempo para dejarse envolver por el calor matinal de Mooloolaba, habiendo tanto por hacer. Y no había lugar en su cabeza para pensar en Blake y en el beso de la noche anterior.

—Lissa.

Oyó su nombre, pronunciado con aquella voz profunda y varonil, y vio a Blake entrando por la verja. Volvía de correr y no había ni rastro de las pesadillas de la noche anterior.

Lissa se detuvo y sintió cómo se le aceleraban los latidos al verlo empapado de sudor, con una camiseta azul marino y unos pantalones cortos que revelaban sus musculadas y bronceadas piernas.

Se olvidó de que tenía un salón que redecorar.

Se olvidó de que no tenía tiempo que perder y de que no podía demorarse con ninguna distracción.

–Espera, voy contigo –la expresión de Blake se oscureció al acercarse a ella, y Lissa supo que también él estaba recordando la noche anterior.

–No tengo tiempo –le dijo. No lo quería a su lado, recordándole los placeres que le negaba por no considerarla lista y distrayéndola de sus obligaciones. Abrió la puerta con el mando a distancia y arrojó su bolsa en el asiento delantero del coche.

–¿Eso es todo? –la observó fijamente mientras tomaba agua de una botella.

–¿Qué más podría…?

–¿Blake?

Lissa se giró y vio a Gilda, la vecina, entrando por la verja.

–¿Blake? –volvió a llamarlo–. ¡Eres tú!

–¡Gilda! –el rostro de Blake se iluminó con una amplia sonrisa, algo que no le había pasado con Lissa, y se dirigió a la recién llegada, impecablemente maquillada y con un precioso vestido sin mangas. Lissa se sintió insignificante con su falda roja y su chaqueta color crema de saldo.

Blake se inclinó para besarla en la mejilla.

–Veo que sigues viviendo aquí.

–Sí. Y ya era hora de que volvieras a casa, marinero –Gilda le devolvió el beso y le dio un fuerte abrazo, antes de girarse hacia Lissa con una sonrisa–. Hola, Lissa. ¿Cómo estás? No sabía que os conocierais.

–Hola, Gilda. Sí, nos conocimos en Surfers, hace mucho.

–¿Qué has estado haciendo todo este tiempo? –le preguntó Gilda.

–Parece que no he estado tan ocupado como tú –dijo, desviando elegantemente la atención para no tener que responder, y bajó la mirada a la abultada barriga de la mujer.

Gilda se rio.

–Es un milagro, después de pasar quince años intentándolo. Ya estoy de seis meses y aún no me lo creo.

–Has esperado mucho tiempo, Gil. Disfrútalo.

–Oh, desde luego. A cada minuto –volvió a sonreír–. Ahora estoy preparando el cuarto del bebé. Es una niña, y no sé si decorarla de rosa o si probar con algo nuevo. Sea lo que sea tiene que ser espectacular, aunque los hombres sois todos iguales… –le dedicó una sonrisa cómplice a Lissa–. Se aburren como ostras con estas cosas.

–Quizá tu vecina pueda echarte una mano –le sugirió Blake.

–¿Ah, sí?

–Lissa es diseñadora de interiores y tiene ideas muy interesantes. Ahora mismo está decorando mi salón, pero seguro que encontrará tiempo para ti.

–¿De verdad? No tenía ni idea, Lissa. Me encantaría contar con tu experiencia.

A Lissa se le subió el ánimo por las nubes y miró agradecida a Blake. ¿Qué mejor oportunidad que impresionar con sus habilidades a aquella dama de la alta sociedad?

–Te aconsejaré con mucho gusto Gilda. ¿Quieres que me pase esta tarde a ver el cuarto?

–Sería estupendo. ¿A las dos en punto?

–Perfecto. Hasta luego, entonces.

Gilda los miró a ambos, como si estuviera decidiendo si eran o no una pareja.

–¿Vais a hacer algo mañana por la noche? Celebro una pequeña fiesta y me gustaría que vinierais.

–Será un placer –respondió Blake por los dos.

–¿Debemos llevar alguna cosa? –preguntó Lissa.

–Tan solo vuestras carteras. Es una recaudación para el cáncer infantil. Corbata o lazo amarillo, Blake. Y tú un vestido dorado, Lissa.

–Un vestido dorado, por amor de Dios –arrancó el viejo motor, el cual necesitaba desesperadamente una revisión–. ¿Dónde encuentro yo un vestido dorado? –o mejor dicho, ¿dónde encontraría uno que no le costase un ojo de la cara?

–Eres una mujer. Seguro que encuentras algo. Paga con la tarjeta. Lo declararemos como gasto deducible.

–¿Se puede hacer eso?

–Deja que yo me ocupe de los números por el momento, Lissa. Y de paso busca una corbata dorada para mí.

Cuando Blake llegó a casa encontró a Lissa sentada en el suelo del salón, rodeada de dibujos, bocetos y notas.

Ella levantó la mirada y se fijó en sus piernas, cubiertas de arena.

–Hola. Veo que has estado en la playa.

–Quería hacer un poco de surf, aprovechando

el viento y las olas –se sentó frente a ella, contra la pared, y dejó la toalla y dos cajas en el suelo–. ¿Cómo te ha ido con Gilda?

–Muy bien –sus ojos brillaban de entusiasmo–. Le gustan los colores pastel y los motivos de cuentos de hadas. He visto una cuna en forma de calabaza que le va a encantar. Estoy deseando ponerme manos a la obra.

–Si quieres posponer lo del salón…

–Puedo hacer ambas cosas. Ya he hablado con los pintores para que empiecen a pintar la semana que viene, y también he encargado los muebles.

Blake recorrió el salón con la mirada.

–Estoy impaciente por verlo acabado. Mi padre celebraba aquí sus partidas de póquer. Cuatro noches a la semana. Recuerdo la primera noche que vine a vivir con él. Tenía catorce años y mi madre se había ido al extranjero, por lo que me envió con mi padre –apoyó la cabeza en la pared, invadido por los viejos recuerdos–. Mi padre se olvidó de recogerme en el autobús, de modo que tuve que venir a pie con mi equipaje –cerró los ojos, sintiendo la tensión en la base del cráneo.

–Sigue –lo animó ella con una voz suave y delicada, relajante, como un hilillo de agua sobre una roca cubierta de musgo.

–La casa parecía un vertedero. Botellas de cerveza, cajas de pizza, cenizas por todas partes… Pensé que mi padre lo limpiaría todo después de que sus amigos se marcharan, pero no fue así. Una semana después todo seguía igual. Y no solo el salón, sino el resto de la casa. Al final no pude soportarlo más y le pedí permiso para instalarme en el barco. Él estuvo encantado de perderme de vista. Aprendí a cocinar y al menos pude estudiar tranquilo...

Un largo silencio siguió a su breve pero emotiva confesión.

–Yo nunca conocí a mi padre –dijo Lissa–. El hombre al que tú conociste no era mi padre. Mi padre biológico tan solo estaba de paso por la ciudad un verano. Yo debía de parecerme mucho a él, porque mi padre adoptivo me odiaba. Le recordaba la infidelidad de mi madre –sonrió tristemente–. Parece que es la hora de las confesiones.

Él también sonrió. Se sentía como si se hubiera quitado un gran peso de encima. Nunca le había hablado a nadie de sus problemas, pero Lissa tenía algo que lo animaba a abrirse. Y era una sensación muy agradable.

–¿Qué te parece si vamos a tomar una pizza? He visto que un grupo se estaba preparando para tocar en un restaurante al aire libre. Pero antes... –agarró las cajas y las dejó delante de ella–. Toma.

–¿Qué es? –él no respondió y ella abrió la más grande. Dentro estaba su joyero, y en su interior, todavía mojado, encontró el broche de su madre–. Has recuperado mis cosas –murmuró con los ojos llenos de lágrimas.

–Casi todo se echó a perder al hundirse el barco, pero al menos se ha podido recuperar esto.

Lissa acarició un cuenco de porcelana blanca con delfines azules. Se lo había regalado Crystal cuando se mudó allí.

–Gracias... Muchas gracias.

Abrió la otra caja. Estaba llena de lencería nueva. De todos los colores y tan sexy que a Lissa le ardieron las mejillas. Braguitas, sujetadores y dos camisones, uno verde azulado y otro dorado.

–Ayer me fijé que no habías comprado mucha ropa interior.

–¿Cómo sabías cuál era mi talla?

–La vi en las prendas que compraste. Espero que no te importe.

–Oh, no, claro que no. Es preciosa –se mordió el labio–. No sé qué decir.

–Me basta con tu sonrisa –alargó el brazo y le hizo levantar la barbilla–. Deberías sonreír más...

Su mirada adquirió un brillo tan ardiente que a Lissa se le derritió el corazón, pero un instante después se apartó y se levantó.

–Vamos a comer.

Debería haberla acompañado a comprar, pensó Blake al día siguiente por la noche, parado al pie de la escalera, al verla descender los escalones. Porque de ninguna manera habría aprobado el vestido de tubo de lamé recubierto de relucientes monedas que destellaban al moverse allí donde había tela, porque el vestido sin mangas apenas cubría aquellos muslos bronceados que llevaban atormentando las fantasías de Blake desde la primera noche en el barco.

Frunció el ceño. Los muslos de Lissa estaban salpicados de brillantina dorada, igual que sus hombros. Se había entrelazado cintas doradas en el pelo, recogido en lo alto de la cabeza, y calzaba unos zapatos de tacón de aguja dorados.

Una oleada de calor se le propagó por el cuerpo. ¿Cómo iba a resistir toda la velada sin imaginarse lo que escondería bajo aquel diminuto vestido?

–¿Qué te parece? –le preguntó ella.

–Es realmente… llamativo.

–De eso se trata –se contoneó como una bailarina del vientre, haciendo tintinear las monedas–. No está mal lo que se puede conseguir con unos cuantos hilos, ¿verdad?

Blake tragó saliva.

–¿Lo has hecho tú?

–No voy a derrochar un dinero que no tengo. Lo encontré entre las sobras de una academia de danza del vientre –levantó una mano para mostrar los brazaletes dorados a lo largo del brazo–. No me preguntes cómo se mantiene de una pieza. Y tranquilo, que no se destejerá… O al menos eso espero.

También él lo esperaba.

–Pero por si acaso… –señaló la sarta de alfileres dorados en la parte superior. De la casa vecina llegaba la música, las risas y el murmullo de la fiesta–. De todos modos, no creo que nadie se fije en mí entre tanta gente guapa.

Blake sacudió la cabeza. Ella sí que era guapa, y si la memoria no le fallaba, la mayoría de los asistentes a esas fiestas benéficas tenía más de cincuenta años. A más de uno le iba a dar un ataque al corazón al verla.

Él mismo corría el riesgo de sufrir un infarto por su culpa. Sobre todo cuando ella lo recorrió lentamente, muy lentamente, con la mirada, admirando su traje negro.

–¿Vamos? –le preguntó, y se giró hacia la puerta antes de que ella pudiera decir nada.

Lissa intentó no parecer impresionada por la opulenta mansión de Gilda y Stefan. Los invitados saboreaban un amplio surtido de exquisiteces y bebían champán en copas de cristal. Un cantante de blues interpretaba una canción acompañado por un clarinete.

Lissa no tuvo tiempo para asimilarlo todo, porque nada más llegar les sirvieron una copa y Gilda se la llevó para presentarle a tres mujeres que habían conocido a la madre de Blake, un trío de ricachonas maduras cargadas de oro y diamantes. Era como estar en el palacio del rey Midas.

Miró a Blake y él levantó la copa. «Disfruta de la velada», parecía decirle. «Es lo que pretendo hacer yo».

Por el rabillo del ojo vio cuál iba a ser el motivo de su diversión: una mujer alta, rubia y pechugona se dirigía hacia Blake. Y ella, mientras tanto, tenía que escuchar la cháchara de Muriel sobre los últimos atentados contra la moda, esperando una pausa en la conversación para poder hablar de su negocio.

–¿Y sabéis que Bakers, de Surfers, ha cancelado su asistencia en el último minuto porque se enteró de que iba a venir el hijo de Rochelle?

Lissa agudizó el oído, pero la mujer cambió rápidamente de tema al recibir las severas miradas de sus amigas.

Sintió que la ira crecía en su interior. Era Blake a quien estaban criticando. Blake, que durante catorce años se había jugado la vida y había soportado Dios sabía qué horrores para mantener su país a salvo. Un hombre que era mucho más de lo que ella jamás se hubiera imaginado. Tiempo atrás también ella se había creído los rumores. Pero ya no. No sabía lo que había pasado con Janine, ni le importaba. Conocía a Blake.

Y sería capaz de confiarle su vida.

—¿Por casualidad os estáis refiriendo a Janine? —preguntó, armada con esa repentina y sorprendente convicción. Había creído que nunca más volvería a confiar en un hombre.

—¿Era amiga tuya? —el trío la miró con asombro.

—No —les sostuvo fijamente la mirada—. Pero Blake sí lo es.

Las mujeres se intercambiaron miradas con el ceño fruncido. El silencio se alargó incómodamente unos segundos.

—Detesto los cotilleos y las insinuaciones. ¿vosotras no? —las apuntó con su copa de champán—. Especialmente cuando todas sabemos que están basados en mentiras y alimentados por la ignorancia.

Nadie dijo nada ni se movió. Ni siquiera un pestañeo. Como si se hubieran convertido en estatuas de oro.

—Bien dicho, querida —dijo finalmente la mayor de las tres—. Me gusta una chica que sabe valerse por sí misma —miró a Lissa de arriba abajo y asintió con aprobación–. Me llamo Jocelyn. Rochelle Everett era una de mis mejores amigas. Cuéntanos cómo conociste a Blake y luego nos hablas de tu negocio…

Una hora después Lissa no cabía en sí de gozo. Jocelyn le había dado su tarjeta y el encargo de reformar su cocina, y además había concertado otras dos citas con posibles clientes. Pero el ambiente del salón era tan asfixiante que se disculpó para salir a tomar el aire. Un par de mujeres más jóvenes y con biquinis dorados chapoteaba y reía en la piscina. Y Blake estaba en el borde, sonriéndoles y arrojándoles una gran pelota de plástico.

El dolor que le atravesó las costillas no se debió a que ellas le estuvieran arrojando la pelota deliberadamente, ni a lo mucho que él parecía estar disfrutando. Se debía simplemente a que se había atado demasiado fuerte el trozo de tela bajo los pechos.

Blake debió de sentir su mirada asesina, porque levantó la vista y sus ojos se encontraron sobre las juguetonas sirenas. Se había quitado la chaqueta y la camisa blanca se le ceñía al cuerpo como una segunda piel, realzando aún más su bronceado natural.

Algunos sí podían divertirse… Mientras ella sudaba la gota gorda para hacer contactos, él se dedicaba a retozar con *barbies* semidesnudas.

Se giró y se dirigió hacia el camarero más cercano.

Blake no tuvo tiempo de decirle nada. La vio desaparecer entre la multitud, contoneando sus deliciosas caderas doradas, y sintió una repentina tensión en los hombros. Se había mantenido al margen para dejar que Lissa hiciera lo que tenía que hacer. Sabía lo importante que era para ella triunfar por sí sola. Era una mujer que valoraba la independencia por encima de todo, y él se la estaba ofreciendo. Cierto que no le apetecía mucho codearse con las amigas de su madre a menos que lo buscaran expresamente. Algunas lo habían hecho, por desgracia. Pero había guardado las formas por el bien de Lissa. Y lo único que recibía de ella era una mirada asesina.

Frunció el ceño y fue en su busca. ¿Qué había hecho para enfadarla tanto?

Atisbó su trasero junto a una de las mesas de la cena. Estaba hablando animadamente con una anciana de pelo color lavanda. Y Blake se sorprendió a sí mismo observándola.

La Lissa adulta no era lo que se había esperado. Y no se parecía en nada a las mujeres con las que siempre se había relacionado. Lissa no se desvivía por adularlo; era demasiado digna para ello. Ni se daba aires de grandeza. Era una mujer realista. Tenía agallas, personalidad, orgullo. Al perder su barco y casi todas sus pertenencias, se había recompuesto rápidamente y había seguido adelante.

Y lo atraía sexualmente más que ninguna otra mujer…

Contempló su trasero y sus piernas. ¿Cómo sería tener aquellos muslos alrededor de la cintura? La entrepierna empezó a palpitarle dolorosamente. Agarró una cerveza de la bandeja que portaba un camarero y se dirigió hacia ella, pero entonces vio que había empezado a hablar con un tipo vestido con un traje dorado.

Blake frunció el ceño. No pudo soportarlo más. Vació la cerveza de un trago, dejó el vaso vacío en un pedestal de mármol adornado con hojas pintadas de oro y en pocas zancadas cubrió la distancia que los separaba. Se colocó detrás de Lissa y se inclinó para aspirar su calor y fragancia, y le puso una mano en la espalda para reclamar su posesión. Ella se puso rígida y se giró.

–Blake.

Parecía sorprendida. Como si no esperase verlo allí. Pero a Blake se le había acabado la paciencia. Hizo caso omiso del petimetre dorado y le acercó la boca a la oreja.

–Tenemos que marcharnos –le murmuró.

–¿Ahora? Pero…

–Ha ocurrido algo.

–¿El qué? –el pequeño espacio que los separaba chisporroteó de electricidad.

–Algo que necesita atención inmediata.

Lissa se giró hacia el rey Midas para disculparse, pero Blake no le dio tiempo y la agarró de la mano para llevársela.

–¿Qué estás haciendo? –le preguntó ella sin aliento.

–Impedir que te mueras de aburrimiento.

–Pero si era un hombre encantador… y multimillonario, con una mansión por reformar. ¿No hemos venido en calidad profesional?

–Hemos venido como amigos de Gilda.

# Capítulo Siete

El pulso le latía furiosamente en los oídos, pero siguió tirando de Lissa hasta sacarla del abarrotado salón, recorrió un pasillo y la hizo entrar en el cuarto de baño, iluminado por una vela.

Blake echó el pestillo y oyó el gemido ahogado de Lissa.

–Me has asustado.

–Te asustas con facilidad, pequeña –sintió el calor de su cuerpo bajo el vestido y el tacto sedoso del brazo cuando la agarró para colocarla entre él y la puerta.

–¿Qué fue lo que me dijiste antes de buscar clientes? –los ojos de Lissa destellaban a la débil luz de la vela–. No he visto que tú hayas…

–Cállate y bésame –la interrumpió él, y pegó sus labios a la boca que llevaba queriendo besar toda la noche.

En cuanto sus labios se tocaron Lissa se olvidó de todo, salvo de que era Blake quien la estaba besando y a quien ella besaba. El tacto de sus manos en los hombros, la cintura, las caderas. El calor de su cuerpo abrasándola desde el cuello a las rodillas. La embriagadora fragancia de su colonia mezclada con el olor almizclado de sudor varonil.

La besó con pasión e impaciencia, con deseo y frenesí, y con una intensidad enloquecedora que amenazaba con consumirla allí mismo. Su lengua la saqueaba despiadadamente, entrando y saliendo con una voracidad salvaje, haciéndole el amor a su boca una y otra vez, hasta que ella tuvo que aferrarse a su cuello para no caer al suelo, como si Blake fuese el único apoyo sólido en un mundo que se había vuelto loco.

Él levantó la cabeza y la miró con los ojos medio cerrados mientras le deslizaba una mano entre los muslos.

–Sí... –murmuró ella, sacudida por un estremecimiento de placer.

Él movió la mano hacia arriba sin dejar de mirarla. Sus dedos encontraron el borde de las braguitas y se deslizaron en el interior. Con el pulgar le tocó el sexo y Lissa ahogó un jadeo al sentirse bañada por un torrente de calor líquido.

–Sí –echó la cabeza hacia atrás y cerró los ojos.

–¿Te gusta? –le preguntó mientras le mordisqueaba el lóbulo de la oreja.

–Sabes lo que le gusta a una mujer... –respondió con dificultad, temiendo sufrir una hiperventilación.

Él volvió a tocarla y le introdujo un dedo en el sexo. Lo sacó muy despacio y volvió a meterlo, junto a otro dedo. Lissa vio estallidos de color tras sus párpados cerrados y sintió que estaba al borde del orgasmo... y eso que apenas había empezado a tocarla.

–Mírame –le ordenó él.

Los músculos se le contrajeron alrededor de sus dedos cuando abrió los ojos y vio su rostro iluminado por las velas.

–Sí, sí, sí... –empezó a deslizarse hacia abajo por la pared, pero él la agarró por el trasero y ella le rodeó la cintura con las piernas.

Lissa soltó una carcajada histérica, pero en ese momento llamaron a la puerta y los dos se quedaron petrificados.

–Disculpe –era la voz de una anciana.

–Oh, oh –susurró Lissa–. Parece que tenemos un problema.

Volvieron a llamar con más insistencia.

–¿Va todo bien ahí dentro?

–Sí, todo va bien –respondió Blake mientras buscaba torpemente los alfileres del corpiño. Le rozó el pecho con las manos y los pezones de Lissa respondieron al instante.

Blake le puso los alfileres en la mano y se apartó para permitir que ella se sujetara los bordes deshilachados, pero a Lissa le temblaban tanto los dedos que apenas pudo completar la tarea.

–No creo que aguante mucho tiempo.

–No importa –respondió él secamente. La agarró con firmeza del brazo y quitó el pestillo de la puerta–. Tú primero.

–¿Por qué yo? –abrió la puerta y se encontró con Gilda y una anciana con expresión preocupada.

–Lissa... ¿Blake? –alzó ligeramente la voz al pronunciar el segundo nombre–. Margaret ha oído ruidos...

Lissa reprimió una risita nerviosa. Sabía que en su cara se podía adivinar lo que habían estado haciendo.

–Un problema con el vestido –explicó Blake, sin que su voz delatara la menor turbación–. Voy a llevar a Lisa a casa.

–Oh… sí, seguramente sea lo mejor –dijo Gilda. No parecía sospechar lo que había pasado–. Gracias por venir, y a ti también, Blake, por tu generoso cheque.

–No hay de qué. Espero que sirva para algo –le bajó la mano por el costado a Lissa, consciente de la fragilidad de los alfileres–. Muchas gracias por la invitación.

–Sí –murmuró Lissa. Prácticamente había perdido la capacidad de hablar.


Blake la levantó en brazos y entró con ella en casa. Lissa, pegada a su pecho, oía los latidos de su corazón mientras tecleaba el código de seguridad y abría con el hombro. Encendió la luz y llegó hasta el segundo escalón, antes de inclinar la cabeza y tocarle la frente con la suya.

–Lissa… –murmuró con voz ahogada.

La soltó muy despacio, haciendo que se deslizara a lo largo de su cuerpo hasta tocar el escalón superior. Tenía los labios fuertemente apretados y los ojos le ardían de pasión.

–Vete a la cama.

A Lissa se le detuvo el corazón. No, no podía ser. No podía mandarla a la cama después de haberle hecho tocar el cielo. No con aquellos ojos en llamas. No con la erección que ella había sentido al deslizarse por su torso.

«No estás preparada para lo que me gustaría hacerte».

Tal vez debería marcharse mientras le fuera posible, subir corriendo las escaleras y encerrarse con llave en su habitación.

Las piernas apenas podían mantenerla, pero permaneció donde estaba. Era Blake, y la promesa de pasar una noche de placer en sus brazos.

–No estoy cansada.

–Vete, Lissa –le ordenó entre dientes–. Antes de que haga algo de lo que ambos nos arrepintamos.

–No me voy a ninguna parte –declaró. En sus planes no cabía arrepentirse de nada–. Tú me deseas… Y yo a ti.

Sabía que si hacían el amor se enamoraría sin remedio. Estaba poniendo en peligro su corazón pero, ¿acaso su corazón no le había pertenecido a Blake desde siempre?

–Siempre te he deseado.

Sintió que se ponía rígido como una roca.

–Santo Dios –gimió débilmente y cerró los ojos–. Solo tenías trece años la última vez que te vi. Vete, Lissa. Ahora.

–Blake, lo que intento decirte es que no es un capricho pasajero. No es u…

–¿Te das cuenta de lo que habría pasado en el lavabo si la abuela Margaret no hubiese llamado a la puerta? Lo habríamos hecho allí mismo, sin preocuparme un rábano por el resto del mundo.

La sangre de Lissa se transformó en un torrente de lava, y por un momento temió que fuera a desmayarse.

–Y sin pensar en la protección –concluyó él.

Lissa volvió a pensar en los rumores que se había negado a creer y que había condenado unas horas antes. La sangre se le congeló en las venas… Blake había estado con Janine.

¿Había perdido el control con Janine? ¿Había estado tan excitado que se olvidó de usar protección? El estómago se le revolvió al imaginarse las manos y la boca de Blake en la piel de la chica, y en su miembro, duro y desprotegido, hundiéndose en ella.

–¿Qué pasa, que de repente te han entrado los remordimientos? –el nudo de la garganta casi le impedía hablar.

–No. Ese es el problema, Lissa. Me vuelves loco. Cuando estoy contigo, cuando estoy cerca de ti, no tengo remordimientos ni puedo pensar.

–Y tú necesitas ser siempre racional, ¿verdad?

La llamarada azul que despidieron sus ojos le dijo todo lo que necesitaba saber. Pero tal vez pudiera atraerlo al lado oscuro.

–¿Vas a negar que te has pasado toda la velada preguntándote cómo se soltaría mi vestido?

Él siguió sin mover un músculo.

–Es una larga tira de tela. Como una bufanda. Empiezas por abajo, o por arriba, y vas desenvolviendo como si fuera un regalo de cumpleaños.

–Te lo advierto, Lissa. No quiero saber nada de sentimientos.

–Muy bien, pues nada de sentimientos. Será solo sexo.

Se quitó los zapatos y subió un escalón de espaldas, muy despacio, haciendo sonar las monedas del vestido y atrayendo la mirada de Blake a su vientre y sus pechos.

Era la reencarnación de la diosa Circe, seduciéndolo con la arrebatadora belleza de sus ojos y su dulce fragancia. Blake alargó un brazo sin darse cuenta, como si tuviera voluntad propia. Sintió un hormigueo en los dedos al tocarle la piel, y la mano se le quemó al trazarle una línea invisible en la pierna, desde el tobillo hasta el muslo.

Nunca había experimentado un deseo tan acuciante. Un simple tirón y la tendría desnuda, despatarrada en la escalera para que él le arrebatase su preciada inocencia.

Lissa se merecía algo mejor. Algo mucho mejor. Cerró los ojos un instante y luego la miró.

–No quiero hacerte daño.

Ella frunció el ceño.

–¿Qué quieres decir?

–Eres virgen, y esto… esto… no es…

–¿Virgen? –exclamó ella con los ojos como platos.

–¿No lo eres?

–¿De dónde has sacado esa idea?

–Me dijiste que… –la cabeza le daba vueltas–. Nada, no importa.

–Blake –sonrió–. No soy virgen. Hace mucho que dejé de serlo y he tenido varios amantes, pero no se lo digas a Jared. Tienes que dejar de verme como la cría que conociste.

–No te veo como a aquella cría –murmuró él, sintiendo el fragor de la sangre en los oídos–. Te aseguro que no –se enrolló el extremo de la tela en la mano y tiró de ella–. Ven aquí.

–Me apetece darme un baño –sonrió pícaramente y pasó a su lado girando en círculos, desenrollando la tela dorada tras ella como una serpentina.

Siguió dando vueltas hacia la puerta, desprendiéndose de cualquier inhibición que pudiera tener. Llevaba un minúsculo triángulo de encaje dorado, y sus generosos pechos sobresalían de un sujetador sin tirantes.

Blake recogió la tela y avanzó hacia ella con un gruñido, pero ella se apartó y abrió las puertas del jardín. La luz que salía de la casa iluminaba su trasero desnudo mientras danzaba en las baldosas. En el borde de la piscina se detuvo y, mirando a Blake a los ojos, se quitó el sujetador, lo arrojó por encima del hombro y acto seguido hizo lo mismo con el tanga dorado.

Blake sintió una breve decepción porque lo hubiese privado de la oportunidad de desnudarla él mismo, pero suspiró ante la viva imagen de la perfección que tenía ante sus ojos.

–Quédate donde… –ella le sonrió y dio un paso atrás para caer al agua– estás –concluyó él.

Lissa emergió enseguida, riendo.

–Es delicioso… ¿No te animas, Blake?

–Sal para que pueda verte.

–¿Seguro que no quieres meterte?

–Tal vez más tarde. Sal ahora mismo.

Ella obedeció y subió por la escalerilla. El agua se le deslizaba por el cuerpo, dejándole gotitas en la piel como pequeños diamantes.

Blake se desnudó sin apartar los ojos de ella. Vio como abría los ojos desorbitadamente al contemplar su erección. La boca se le hizo agua al ver sus pezones brillantes y endurecidos. Todo su cuerpo lo acuciaba a poseerla, pero no quería apresurarse. Lissa era la tarta de cumpleaños que nunca había tenido, y su intención era saborearla hasta el último centímetro.

—Ven aquí.

Ella avanzó hacia él con la misma elegancia que había demostrado al bailar, mirándolo con sus grandes ojos turquesa.

—Eres una auténtica seductora, ¿verdad?

—¿Te he seducido? —preguntó ella, respirando agitadamente.

—Desde luego —le pasó las manos por los humedecidos hombros y ella gimió débilmente y le deslizó las manos por los cabellos. Su olor a almizcle y a cloro lo envolvió y lo atrajo hacia ella. Le bajó los labios hasta el cuello y se deleitó con el dulce y fresco sabor de su piel.

Le llevó las manos hasta los pechos y le acarició los pezones con los dedos, antes de atrapar uno de ellos con los labios.

—Tócame otra vez, Blake —le suplicó. Se quitó las horquillas y cintas del pelo y los rizos le cayeron como una cascada de fuego—. Hazme tuya.

Su impaciencia casi le hizo penetrarla allí mismo, pero estaba decidido a no apresurarse.

Levantó la cabeza y le deslizó las palmas por las caderas, colmándose la vista con la gloriosa imagen de su desnudez. Ella lo miraba fijamente, con ojos radiantes de deseo, perfecta en sus formas pero pequeña y delicada.

–No pienses en lo que estás pensando –le susurró ella. El corazón le latía desbocado al inclinarse y besarle el pecho. Le lamió los pezones y absorbió su sabor salado y varonil.

Él dejó escapar un gemido de placer y dolor.

–Eres preciosa. Y lo que quiero hacer contigo…

Ella le rodeó el cuello con los brazos.

–Me alegra que no hayas cambiado de opinión.

Él la levantó del suelo y la tumbó en la hierba. Su erección pugnaba por encontrar la entrada, pero él no parecía tener prisa. Le acarició lentamente el cuello, los pechos y el ombligo, y Lissa se arqueó instintivamente como una flor buscando la luz del sol.

–Sí… –finalmente iba a suceder. Separó los muslos y cerró los ojos, preparada para vivir el momento culminante.

–Estás húmeda y caliente para mí –dijo él mientras le separaba los labios vaginales y le introducía un dedo.

–Sí –respondió ella, sintiendo cómo se le encogía el corazón por las palabras de Blake. «Por ti».

Nunca había experimentado una delicadeza semejante. Sentía la fuerza y la tensión de Blake y sabía que se estaba refrenando. Blake se merecía su confianza. Quería que perdiese el control con ella. Quería sentir su fuerza y su virilidad.

–Vamos, Blake…

Apretó los párpados y esperó, temblando, suspendida entre la emoción y el miedo. Miedo a que él se detuviera.

Cosa que él hizo. Se detuvo con una maldición y ella abrió los ojos.

–Protección.

–Tomo la píldora –lo tranquilizó con voz ahogada–. Sé cuidar de mí misma.

Descendió lentamente sobre ella y la penetró de una vez, haciéndola temblar de la cabeza a los pies. La íntima presión se propagó hasta el último rincón de su cuerpo y la precipitó al clímax a una velocidad vertiginosa.

Aturdida, abrió los ojos para saber que era él quien la llevaba al orgasmo.

–Blake… –la tensión alcanzó su punto culminante y el orgasmo estalló con una intensidad abrumadora. Toda su vida había estado esperando aquel momento sublime.

Los ojos de Blake brillaban con ardor mientras se movía dentro de ella. Y Lissa se entusiasmó al pensar que era ella quien había encendido aquellas llamas. Era ella quien le recorría la piel con las manos, quien le rodeaba los muslos con las piernas, quien se arqueaba para recibir las embestidas con las que Blake alcanzaba el orgasmo.

Se derrumbó a su lado y ella le sostuvo la cabeza contra los pechos.

–Lissa… –su nombre, pronunciado con aquella voz profunda y exhausta, la envolvió como un suspiro y le dijo más de lo que Blake jamás diría.

Todo era perfecto.

–¿Te arrepientes? –le preguntó él, mirándola.

–Para nada –le acarició las cejas–. ¿Y tú?

Él le acarició un pezón con un dedo.

–Has estado increíble –no era una respuesta a su pregunta, pero Blake era el maestro de las evasivas y ella no iba a estropear el momento. Y menos cuando él estaba empezando a excitarse de nuevo.

–Ha sido increíble, ¿verdad?

Él se apoyó en un codo y esbozó una pícara sonrisa mientras le rodeaba la nuca con la mano.

–¿Dónde quieres volver a hacerlo? ¿En la cama?

–En la piscina.

–Me gusta tu forma de pensar… –se levantó y tiró de ella para llevarla al agua–. Tenemos toda la noche. Podemos hacerlo en los dos sitios.

# *Capítulo Ocho*

¿Cómo no adorar a un hombre que le llevaba el desayuno a la cama después de una noche de placer salvaje?

—¿Qué te hizo pensar que era virgen? —le preguntó con la boca llena de mango.

Él le sonrió.

—Dijiste algo como «después de todo este tiempo» la primera vez que te besé.

Ella también sonrió.

—Lo dije porque siempre me había sentido atraída por ti, y no podía creerme que tú sintieras lo mismo.

Blake se inclinó para lamerle el jugo de la boca.

—Créetelo –la echó hacia atrás y la observó detenidamente. Lissa lucía la sonrisa de una mujer satisfecha–. Tienes los ojos más bonitos que he visto nunca, pero a veces veo algo extraño en ellos, como anoche, cuando te llevé al baño en casa de Gilda.

Ella dejó de sonreír.

—Estaba sorprendida, eso es todo.

—No, eso no es todo –estaba seguro al cien por cien de que le ocultaba algo–. ¿Qué te ocurrió, Lissa? ¿Quién te hizo daño?

–Nadie importante –sus ojos perdieron el brillo y adoptaron una expresión fría y distante.

Blake sintió un nudo en el pecho y le hizo girar la cabeza para mirarlo.

–¿Qué te hizo? Dímelo.

–No quiero hablar de ello.

–¿Prefieres que se lo pregunte a tu hermano?

Ella se puso rígida.

–No lo harías.

–No me pongas a prueba.

–Jared no sabe nada de esa persona y quiero que siga siendo así –le apartó la mano–. No soy una niña y no necesito que me defiendan, ni él ni nadie. Fue un hombre al que conocí hace un año. Se llama Todd. Tuvimos una relación… –dudó un momento– violenta. Le encantaba verme asustada.

Una furia irracional le abrasó el pecho a Blake. ¿Qué clase de escoria disfrutaba asustando a una mujer pequeña y delicada? ¿Qué abusos había sufrido?

–El juez le impuso una orden de alejamiento y hace meses que no lo veo. Lo último que supe de él fue que se había mudado de ciudad.

–Deberías habérselo dicho a Jared.

–No.

–Sí –le agarró la cara entre las manos–. ¿Por qué no?

–Ya te lo dije. Tuvimos una discusión y Jared dejó muy claro que no vendría a menos que lo invitara expresamente –se le llenaron los ojos de lágrimas–. Nunca hemos estado tan distanciados.

Blake apretó los dedos.

–Lissa. Es tu hermano y te quiere. Eso nunca cambiará.

–Lo sé –susurró. Colocó las manos sobre las de Blake, en sus mejillas. Quería acabar con aquella conversación antes de perder lo poco que le quedaba de compostura–. Pero todo eso pertenece al pasado y solo quiero seguir adelante. Tú me has ayudado a hacerlo en muchos aspectos, y lo mejor que puedes hacer por mí es no volver a sacar el tema. Anoche me hiciste muy feliz, Blake, y espero que yo a ti también. Hacía mucho que no me sentía tan plena. Y no solo por el sexo, sino por ti.

–Lissa... –murmuró él sin disimular su tono alarmado.

–No pasa nada –le apartó las manos–. Has sido un verdadero amigo cuando más lo necesitaba y eres un socio estupendo, pero el sexo tiende a complicarlo todo y tendremos que superarlo. Lo importante es tener presente que ninguno de los dos quiere una relación.

Salvo que se trataba de Blake, el hombre al que nunca había podido sacarse de la cabeza. Sabía que seguir con él solo la conduciría al sufrimiento, pero en aquellos momentos no podía ver las espinas de las rosas.

Él guardó un breve silencio y asintió.

–Vamos a ir paso a paso. Lo primero son los negocios. Deberíamos celebrar una fiesta de inauguración para darte a conocer.

–Una fiesta… Es una idea genial. Ya he pensado en un nombre: Lissa's Interior Designs, y… Oh, Dios mío… Gilda –agarró el móvil, miró la hora y se levantó de un salto–. He quedado con ella dentro de veinte minutos para hablar de las cortinas. Será mejor que me duche y me arregle un poco –le echó un último vistazo al hombre desnudo que se quedaba en la cama–. Gracias, Blake. Por todo.

Por primera vez en mucho tiempo se había despertado sin dolores y sin pesadillas. En una cama que olía a mujer cálida y saciada.

¿Acaso era digno de una mujer como ella? Era un solitario errante que jamás tendría una relación seria con nadie. El hogar y la familia no entraban en su futuro. Lissa, en cambio, y a pesar de haberle dicho que tampoco ella buscaba una relación, necesitaba la seguridad que solo una vida familiar y hogareña podían proporcionar.

Entró en el cuarto de baño y abrió el grifo, pero en ese momento le sonó el móvil. Cerró el grifo y agarró una toalla para ir a responder. La voz de Jared lo pilló desprevenido.

–¿Qué haces levantado tan temprano? ¿Qué hora es allí?

–Aún no ha amanecido, pero a Isaac le gusta madrugar. He hablado con Soph y nos estamos preguntando si deberíamos acortar nuestro viaje y volver a casa.

–¿No te ha llamado Lissa?

–No. Y su móvil lleva horas desconectado.

–Estuvimos en una fiesta hasta muy tarde.

–¿Tú y Liss…? –preguntó Jared, sorprendido.

–Sí. Ahora mismo está en casa de la vecina,

arreglando un cuarto para un bebé. Le diré que te llame cuando vuelva.

–Así que está trabajando… Supongo que eso es bueno. ¿Cómo crees que la ha afectado lo del barco?

–Sigue un poco conmocionada, pero…

–No lo bastante para no irse de fiesta.

–Era una recaudación benéfica –Blake se sintió obligado a defenderla.

–Quiere montar su propio negocio, y yo no creo que esté lista para ello. ¿Te ha comentado algo al respecto?

–Dejaré que sea ella quien te lo cuente.

–Me gustaría saber tu opinión.

–Mejor que sea ella –se pasó una mano por la cara–. Te llamará en cuanto regrese.

–Blake… hace mucho que somos amigos. ¿Hay algo que deba saber?

Blake aferró con fuerza el móvil. No podía hablar del acuerdo con Lissa, pues le había dado su palabra de que no diría nada, aunque sabía que su amigo no le estaba preguntando por los negocios.

–Es una mujer adulta, Jared. Toma ella misma sus decisiones.

–¿Qué demonios significa eso?

–Como ya te he dicho, será ella quien te lo cuente.

–Así que hay algo que contar…

–Tranquilo, viejo. No hay nada de qué alarmarse.

–Es mi hermana. No quiero verla sufrir.

–Yo tampoco.

–Dile que me llame –colgó sin despedirse y Blake se quedó mirando el teléfono.

–No ha ido tan mal –murmuró, y volvió al baño para ducharse.

Al acabar, recogió las cintas y las horquillas de Lissa y las llevó a su habitación. La cama estaba oculta por un montón de bolsas. El cuarto de baño no ofrecía un aspecto mucho mejor. Había frascos de todos los tamaños y botellas destaponadas por doquier, y una toalla mojada colgaba del lavabo.

Blake dejó las cintas junto al cepillo y cerró el tubo de pasta dentífrica. Otra razón por la que nunca podrían estar juntos. A él le gustaba que todo estuviese limpio y ordenado en su vida. Una mujer como él lo volvería loco.

Lo que había entre ellos solo era algo temporal, se dijo mientras salía de la habitación. Una simple aventura. Algún día Lissa volvería loco a otro hombre.

«Algún día volvería loco a otro hombre».

Blake necesitaba alguna distracción para sacarse aquel pensamiento de la cabeza. para pensar en otra cosa. Aquella mañana no había salido a correr, y la tarde avanzaba rápidamente mientras Lissa seguía ocupada con Gilda.

Comida. Se prepararía algo para cenar. ¿Desde cuándo no disfrutaba de una buena comida casera? Miró en la despensa, pero no tenía ni idea de lo que le gustaba a Lissa.

–Ya estoy de vuelta –anunció Lissa, entrando en la cocina con el rostro radiante–. Deberías ver cómo está quedando el cuarto del bebé –giró sobre sí misma–. Y a Gilda le encantan los colores. Se ha ofrecido a celebrar una fiesta por todo lo alto con sus amigos ricos, y Stefan va a sacar fotos para la presentación en Powerpoint y... Hola –lo saludó sin aliento.

Blake parpadeó unas cuantas veces, sintiéndose como si le hubiera pasado un camión por encima. Lissa llevaba un vestido sin mangas de color verde con cerezas y tirantes rojos.

Al diablo con la cena. Lo que quería era colocarla en la superficie disponible más cercana y saciar su apetito con ella.

–Podrías mostrar más entusiasmo –le reprochó ella–. También es tu negocio.

–Tú ya muestras entusiasmo suficiente por los dos –hizo un esfuerzo para concentrarse en el presente. Lissa estaba allí, y por el momento era suya–. Ven aquí.

Ella se lanzó sin dudarlo a sus brazos, se abrazó a su cuello y acercó los labios a su boca.

–¿Tienes idea de cómo me siento ahora mismo?

–Sí –le deslizó las manos por los hombros, bajo los tirantes del vestido, y la besó en el cuello antes de hacerlo en los labios. Sabía a café, vainilla y almendras–. Veo que has comido en casa de Gilda.

–Aún tengo hambre –se frotó los pechos contra su torso y le atrapó el labio inferior con los dientes–. Mucha hambre... –le alivió el escozor del mordisco con la lengua–. Podría comerte entero.

Blake la levantó y ella se abrazó a su cintura con las piernas.

–Sí… Mejor esto que un asado de cordero –le apretó el trasero con las manos y la pegó contra su entrepierna.

Sin apartar la mirada de sus ojos la llevó a la isla de la cocina, la colocó en el borde del mármol y le separó los muslos. Apoyó las manos en la encimera y se inclinó hacia delante mientras ella le agarraba la camiseta.

Sumergirse en el beso fue como lanzarse de un avión a las nubes. Una experiencia vertiginosa, estimulante al máximo y de incierto destino. Pero no le importaba. El salto valía la pena.

La ropa interior de Lissa no supuso el menor obstáculo. Se la quitó de un tirón y tras liberar su miembro se hundió en ella. Oyó su gemido y se retiró lentamente para volver a penetrarla, más rápido y más profundamente mientras se deleitaba con su sabor. Sus lenguas libraban un duelo frenético y salvaje. El fervor de Lissa rivalizaba con el suyo, su calor interno lo arrastraba a la culminación, tan rápido que no sabía ni dónde se encontraba. Era tan solo un acoplamiento feroz y desesperado. La necesidad de poseerla, de hacerla enloquecer para que solo él existiese para ella, resonaba en su mente al ritmo de sus embestidas.

Lissa nunca había sentido un deseo tan desbordado. Le metió las manos bajo la camiseta a Blake para tocarle los músculos. Él no intentó sujetarla ni inmovilizarla, y ella perdió la capacidad de razonar ante el remolino de sensaciones que la barría.

Podía perder el control porque en el fondo sabía que estaba a salvo con Blake.

Y en el centro del torbellino, en el ojo de la tormenta, se encontró a sí misma. Se aferró con todas sus fuerzas a la sensación mientras juntos cabalgaban hacia la explosión final.

Poco después, exhausta y con los ecos del orgasmo resonando en sus temblorosos miembros, deslizó las manos bajo la camiseta de algodón para envolverlas alrededor de los brazos de Blake.

—Lissa... —la miró con expresión preocupada—. Te reemplazaré la ropa interior.

—No es necesario. Gracias a ti tengo un cajón lleno de braguitas. Ha sido fantástico... —estiró los brazos y sonrió. ¿Y si preparamos algo para cenar?

—Yo me encargo —la bajó de la encimera, muy serio—. Tú llama a Jared. Te llamó mientras estabas fuera.

—Está bien. Espero que no le hayas dicho nada del negocio.

—Eso es cosa tuya.

Se llevó el móvil afuera y se sentó en una tumbona junto a la piscina para llamar a Jared. Empezó con una disculpa y le resumió lo que había sucedido con el barco. Luego habló un poco con el pequeño Isaac, lo que le permitió prepararse para la siguiente ronda de información.

—Blake y yo hemos montado un negocio juntos.

—Entiendo.

Obviamente no entendía nada. Lissa se recostó en la tumbona e intentó no perder la calma.

—No te lo ha contado él porque yo le pedí que

no lo hiciera. Quería hacerlo yo, así que escúchame, ¿de acuerdo? –le dio una rápida explicación de la sociedad con Blake, la cláusula del salón, los nuevos clientes que había conseguido y lo afortunada que era de tener su propio negocio–. Así que por ahora me quedaré en casa de Blake –concluyó.

Silencio.

–¿Te parece lo más sensato, Liss?

La irritación se apoderó de ella, pero consiguió mantener la voz serena.

–¿Qué insinúas? Conoces a Blake… No es como si se tratara de un desconocido.

–Sé que te enamoraste de él cuando eras una cría, pero él se alistó en la Armada y se pasó fuera catorce años, salvo una breve visita a casa cuando murió su madre.

–Al menos sabes que no es un tipo cualquiera al que haya conocido en una fiesta –como Todd.

–¿Te acuestas con él?

Lissa dio un respingo en la tumbona. No estaba irritada. Estaba furiosa.

–¿Y a ti qué te importa?

–Me importas tú. ¿Cuánto tiempo lleváis juntos… ¿Días?

–Cuidado, Jared –se esforzó por recuperar la compostura.

–No va a quedarse ahí mucho tiempo, cariño –le dijo su hermano tras una larga pausa–. Quiere comprarse un barco. ¿Estás preparada para eso?

No, nunca estaría preparada para perderlo.

–Ya lo sé. No soy una niña.

–Un hombre como Blake no es de los que se instalan permanentemente en un sitio.

–Maldita sea, Jared. ¿Es que nunca has tenido una aventura en tu vida? ¿No sabes lo que es una aventura salvaje, alocada, sin compromisos ni expectativas? –frunció el ceño al recordar que su hermano había renunciado a la diversión para ocuparse de ella–. No, supongo que no.

–¿Eso es lo que es?

Lissa parpadeó para contener las lágrimas.

–¿Qué otra cosa podría ser? –soltó una carcajada para quitarle importancia, pero le salió excesivamente forzada–. Ya me conoces. Siempre estoy ocupada, sin tiempo para nada más. Tranquilo, Blake se marchará y todo habrá acabado antes de que te des cuenta.

–¿Y el negocio? Espero que…

–Por supuesto. Es mi prioridad. El trabajo siempre ha sido lo primero para mí.

–¿Te cuidarás?

–Siempre.

–Te queremos.

–Yo también os quiero.

Se despidió y se echó hacia atrás con los ojos cerrados, conteniendo las lágrimas. Mejor que Jared se fuera acostumbrando y que no se llevara una sorpresa cuando volviera a casa. Quizá Blake ya se hubiera marchado para entonces…

Blake se apoyó en la puerta abierta y observó a Lissa. «Blake se marchará y todo se habrá acabado antes de que te des cuenta». Y lo había dicho riendo, como si fuera lo más natural del mundo.

«Una aventura salvaje, alocada, sin compromisos ni expectativas».

Era lo mismo que él quería. Entonces, ¿por qué se sentía como si lo hubieran arrojado por la borda con un peso atado a los pies?

–La cena está lista –anunció–. ¿Estás lista?

Ella se incorporó al oírlo.

–Sí –se levantó sin mirarlo y contempló el cielo teñido de naranja–. Nunca me canso de esta vista.

–Yo tampoco.

Ella se dio la vuelta y le sonrió, aturdiéndolo de tal modo que Blake se llevó una mano al pecho.

–La echaré de menos cuando me vaya –dijo él.

La expresión de Lissa cambió, aunque no perdió la sonrisa. Blake lamentó haber abierto la boca y deseó saber lo que ella estaba sintiendo. Deseaba saber si él era el único que se veía abrumado por una fuerza devastadora.

–¿Y si comemos junto a la piscina? –sugirió ella.


Compartieron una botella de vino blanco mientras la oscuridad iba ganando terreno y el canto de los grillos se elevaba en el aire. Blake encendió unas velas.

–¿Por qué te alistaste en la Armada? –le preguntó ella.

Blake se removió incómodo en la silla y se llenó la copa de vino.

–Siempre me había gustado el mar, la soledad…

–¿La soledad? ¿En un buque? –le preguntó con una sonrisa.

—Sí, bueno... ahí me has pillado.

—Recuerdo tu marcha. De un día a otro habías desaparecido.

Él sacudió la cabeza.

—No fue exactamente así, pero supongo que debió de dar esa impresión.

—Un rompecorazones... Estuve llorando una semana.

Blake la miró, recordando a la joven adolescente, y sintió algo extraño. Aún le incomodaba la idea de que Lissa hubiera proyectado sus fantasías sexuales en él, nueve años mayor que ella.

—No te creo.

—De acuerdo, tal vez solo fueron un par de días, pero podría haber... Nada, no importa.

Una imagen de Janine, el fantasma de los errores pasados.

—Sigue —apuró la copa y se recostó en la silla—. Esto se pone interesante.

Ella guardó un breve silencio.

—Está bien. No voy a fingir que no conocía los rumores.

—¿Por qué habrías de fingir?

—No sé, ¿para ahorrarte el dolor o la vergüenza, tal vez?

Blake volvió a sacudir la cabeza. Ya no sentía dolor. Había aprendido a no dejarse afectar por el recuerdo de Janine.

—No te preocupes por mis sentimientos, Lissa. O crees los rumores o no —agarró la copa de vino y se la llevó a los labios, pero no bebió.

—No te conocía. No eras real. Eras como...

como una fantasía –se miró brevemente las manos–. Pero empiezo a conocer al hombre que eres ahora. Un hombre bueno y generoso que sabe escuchar, que se preocupa por los otros…

–Pero no sabes si creer los rumores o no.

Lissa tomó un pequeño sorbo de vino.

–Pues claro que no los creo.

¿Le estaría diciendo la verdad? Blake descubrió que le importaba lo que ella pensase de él.

–No puedes decidir. Quieres creer que son falsos, pero en el fondo siempre has albergado dudas. ¿Quién es Blake Everett? ¿Dejó embarazada a una chica y la abandonó, a ella y a su propio hijo?

–Déjalo, Blake.

–Y habiéndote acostado conmigo, te preguntas qué pasaría si te quedases embarazada. ¿Me marcharía y te dejaría sola con nuestro hijo?

Ella sacudió la cabeza y cerró los ojos.

–Cállate.

–Quizá podría marcharme. Quizá mi educación me enseñó que lo mejor era estar solo, sin asumir ninguna responsabilidad o quizá lo que hice fue eludir el problema. No me digas que nunca has pensado en eso –la miró fijamente a los ojos y en ellos leyó la respuesta.

–Por favor, Blake. Ahora te conozco mejor.

–Entonces, deja que te hable de Janine. La conocí en la playa. Le interesaba el socorrismo y dijo que quería dedicarse a ello. Vivía en un pequeño apartamento de las afueras y además de estudiar derecho trabajaba en un pub para pagar las facturas. Su cuerpo era la fantasía de cualquier hombre, aunque ella no parecía ser consciente de su atractivo, y su inteligencia y personalidad me resultaban irresistibles. Empezamos a salir. La veía todos los días a la hora de comer y por la noche, antes de que ella se fuera a trabajar. Estuvimos juntos un par de meses.

»La casa flotante no era el alojamiento más apropiado, así que le dije que nos buscaría un sitio mejor y que yo la mantendría para que no tuviese que trabajar por las noches. Ya había comprado y vendido mi primera propiedad y ganaba un buen sueldo en la tienda de submarinismo. Pero antes de conocernos había organizado un viaje en barco desde Perth hasta Port Lincoln. Quería bucear en las peligrosas aguas de la Gran Bahía Australiana. Iba a ser una travesía de cinco semanas, pero la limité a cinco días cuando Janine se puso a llorar antes de mi partida y a decirme lo mucho que me quería y que no soportaba estar sin mí.

»Una semana después me dijo que estaba embarazada y que teníamos que casarnos. Hasta ese momento yo ni siquiera había sabido quiénes eran sus padres. Había mantenido en secreto su educación privilegiada.

Lissa frunció el ceño mientras hacía cálculos mentales.

—¿De cuánto tiempo estaba embarazada?

—No me lo dijo y a mí no se me ocurrió preguntárselo. Decía que lo importante era que nos queríamos y que yo me olvidaría de la Armada teniendo un bebé —resopló pesadamente—. Estuve a punto de picar el anzuelo, pero entonces vi la fe-

119

cha de parto que había señalado en un calendario, el cual había olvidado en un libro sobre el embarazo en su mesita de noche. Según esa fecha era imposible que yo fuese el padre. Me puse a investigar y descubrí que no dedicaba las noches a trabajar en un pub… Una semana después me fui a Sídney y me alisté en la Armada.

–Blake, lo… –Lissa tragó saliva–. Debió de ser muy duro para ti –le puso la mano sobre la suya y sintió que se encogía.

Él retiró la mano y se levantó.

–Voy a salir a correr.

A Lissa se le encogió el corazón de dolor. Había intentado ayudarlo y él la había rechazado.

–Ten cuidado –le dijo simplemente.

El engaño de Janine le había roto algo en el interior a Blake, y al hablar de ello aquella noche se habían reabierto las heridas. Lissa comprendía que necesitara tiempo a solas.

Lavó los platos, esperando que Blake regresara pronto. No fue así y ella se retiró a la habitación donde había instalado su obra. Abrió el bloc y eligió un lápiz negro desafilado para dibujar.

No fue consciente del paso del tiempo hasta que sintió que se le erizaban los pelos de la nuca.

Al principio se quedó helada, recordando lo mucho que Todd disfrutaba acercándose sigilosamente a ella para darle un susto. Pero cuando miró por encima del hombro era Blake.

–¿Te he asustado?

–Un poco. No pasa nada –él la miró sin hablar–. ¿Estás bien?

Blake asintió. No había palabras para describir el momento. La forma en que la miraba o lo que ella sentía. Blake cruzó la habitación y se tumbó a su lado. Ella se giró y se tumbó junto a él, y los dos empezaron a desnudarse en silencio, lenta e íntimamente, piel contra piel, latido contra latido, dedos entrelazados, bocas unidas.

Y Lissa supo, con cada roce, susurro y mirada, que aquella compenetración solo podía ser fruto del amor.

Ojalá él también lo supiera.

# Capítulo Nueve

Las dos semanas siguientes Lissa apenas tuvo tiempo para descansar. El cuarto de Gilda estaba acabado, fotografiado y archivado para futuras referencias. El salón de Blake recibió sus merecidas alabanzas. Además, acabó otro cuarto de niño para un cliente al que había conocido en la fiesta de Gilda.

Aparte, llegó el mobiliario para la tienda. Trabajaban como un equipo. Blake se ocupaba de los números y suministros y elaboraba una página web con ayuda de un diseñador. Y Lissa, cuando no estaba rebuscando en catálogos o tiendas, se dedicaba a visitar a los clientes, esbozar ideas, tomar notas y preparar la publicidad para la inminente inauguración.

De noche dormían juntos. Había días en los que eran las únicas horas que podían verse, y Lissa volvió a acostumbrarse a despertar junto a un hombre.

Blake no se quedaría allí para siempre. Aquel negocio era el sueño de Lissa, no el suyo. Un día fue a Surfers a ver barcos y volvió a casa con renovado entusiasmo.

Gracias a los amigos de Gilda las ofertas de trabajo no dejaban de lloverle, y Blake sugirió que contrataran a alguien a media jornada.

—No vayas a perder ofertas por no poder mantener el ritmo.

A Lissa le dolió el consejo, porque significaba que él no estaría allí para ayudarla. Había sido muy claro al respecto desde el primer día. Solo sería un socio capitalista.

La noche antes del gran acontecimiento celebraron sus logros con ostras, buñuelos de pescado y champán francés en un restaurante al aire libre junto a la orilla. Luego, se quitaron los zapatos y pasearon por la playa, que seguía abarrotada de turistas y lugareños disfrutando de la agradable temperatura nocturna.

Cuando volvieron a casa, Blake la besó nada más apagar el motor.

—Llevo queriendo hacerlo toda la noche —murmuró al levantar la cabeza, dejándola jadeante y con ganas de más.

—Y yo llevo esperando toda la noche a que lo hicieras. Pero no puedo esperar mucho más… —sintiéndose más atrevida que nunca, le frotó la entrepierna con la mano y sintió cómo se endurecía—. Veo que tú tampoco puedes.

—¿Y de quién es la culpa? —preguntó él con una sonrisa.

Lissa sacó la llave de casa del bolso.

—Te echo una carrera hasta la cama —abrió la puerta del coche y salió corriendo como una liebre. Se rio al oír maldecir a Blake, se quitó los zapatos y siguió corriendo.

Blake había ganado terreno cuando ella entró en casa, le pisaba los talones al subir la escalera. Gritó al sentir sus dedos en el pelo y se arrojó en la cama.

–He ganado –exclamó sin aliento.

–Has partido con ventaja –dijo él, encendiendo la lámpara de la mesilla.

–No –se giró en la colcha y se mordió el labio para no sonreír–. Tú tienes las piernas más largas.

Él se quitó el cinturón, sin rastro de humor en la mirada, reemplazado por una intensidad que Lissa nunca había visto. Un escalofrío le recorrió la espalda.

–Déjalo ya, Blake.

–Solo estamos empezando –respondió él, y raudo como una centella la agarró por las muñecas y se las sujetó sobre la cabeza. Se colocó encima para besarla, aplastándola contra el colchón, y con un muslo le separó las piernas.

A Lissa le entró el pánico. El corazón le latía frenéticamente y no podía respirar.

Pero en cuanto intentó soltarse, él la liberó.

–¿Lissa?

Ella se llenó de aire los pulmones.

–No pasa nada. Estoy bien.

Blake se maldijo a sí mismo. ¿Qué demonios le había pasado para hacer eso, después de lo que Lissa le había contado? Sabía que ella no quería hablar de ello, de modo que la besó sin decir nada y se giró para colocársela encima. El pelo rojizo cayó como una cortina sedosa y fragante, y él le acarició la espalda y le besó un hombro.

–¿Qué tal si tú haces todo el trabajo esta vez?

–¿Yo?

Ella permaneció inmóvil, pero luego empezó a moverse de una manera tan sensual que Blake contrajo los músculos.

–Si insistes… Pero tendrá que ser a mi manera –lo besó en el pecho y le arañó ligeramente los pezones.

–Como tú quieras, nena. Estoy esperando.

Ella se incorporó, sentada a horcajadas sobre él, con el bajo del holgado vestido deslizándosele por la cintura. Sin decir nada empezó a desabrocharle la camisa, se la abrió y le recorrió el pecho con las manos, mirándolo fijamente a los ojos, deseando poder decirle lo mucho que significaba para ella llevar la iniciativa. Porque con aquella simple sugerencia Blake le demostraba que la comprendía. Aquel hombre, el hombre al que amaba, le había devuelto su alma.

Se sintió invadida por la emoción y la congoja. Había sido una estúpida al caer en la trampa de la que se había prometido mantenerse alejada. Y él había sido muy claro en su advertencia. Era un marino y no quería compartir su vida con nadie. Ella era la única culpable de albergar fantasías románticas.

Por lo tanto, nada de lágrimas ni de remordimientos.

–Me estás matando –declaró él. Intentó quitarle el vestido, pero ella le apartó las manos.

–Paciencia –se lo quitó ella misma y lo arrojó al suelo, y lo mismo hizo con el sujetador. Él observó con ansiedad sus pechos desnudos, pero ella negó con la cabeza–. No se toca… Todavía no –se echó hacia atrás–. Quítate la camisa –una tarea difícil, ya que estaba sentada sobre sus muslos, pero Blake consiguió liberarse los brazos, los dobló bajo la cabeza y esperó instrucciones.

A Lissa le produjo un goce inmenso tenerlo a su merced.

–Fuera los pantalones. Y luego vuelve a ponerte las manos bajo la cabeza.

Él se desnudó, recuperó su postura semirrelajada y ella volvió a colocarse encima. Le agarró el miembro y le deslizó la mano lentamente a lo largo de la erección.

–Sí… –murmuró él.

Ella se elevó ligeramente y se lo introdujo en su sexo, y Blake empujó hacia arriba para penetrarla de lleno. Mirándolo a la cara, se entrelazó las manos en el pelo y se abandonó a las sensaciones de placer y plenitud.

Un rato después se apartó, se estiró y se acurrucó junto a Blake, posándole un brazo en el pecho.

–Mañana es el gran día –dijo él.

–Ojalá Jared pudiera venir, pero está en Singapur por trabajo. Y se suponía que estaba de vacaciones.

Blake le besó los dedos.

–Crystal e Ian van a venir.

–Sí.

Pero sabía que era Jared a quien Lissa quería ver. Al menos volvían a hablarse, y por lo que ella le había contado, Jared parecía alegrarse por el negocio.

—Aún no me has dicho para qué obra benéfica estás recaudando fondos.

—Es una sorpresa. Solo Gilda lo sabe.

—No me gustan mucho las sorpresas.

—Pues tendrás que aguantarte, grandullón, porque no voy a decírtelo. Lo sabrás mañana, como los demás. Y ahora a dormir.

Volvía a estar en la playa de sus pesadillas. Pero en aquella ocasión se encontraba suspendido en el aire, mirando hacia abajo. Torque había desaparecido y en su lugar estaba Lissa, de pie en la arena. La brisa le agitaba los cabellos alrededor de su hermoso rostro, vuelto hacia el sol. Levantó la mirada y le sonrió a Blake. Él quiso devolverle el saludo y decirle que estaba llegando y que lo esperase, pero no podía mover el brazo.

Y entonces ella empezó a hundirse en la arena, con el rostro desfigurado en una mueca de horror mientras gritaba el nombre de Blake. Él aterrizó en la playa y echó a correr, pero sus piernas eran como columnas de cemento. Se giró velozmente y todo se volvió negro al chocar contra la roca.

—Blake, despierta. Tienes una pesadilla.

Sintió la mano de Lissa en el pecho y abrió los ojos. Lissa se inclinaba sobre él, recortada contra la luz grisácea de la ventana. Lo miraba con ojos muy abiertos y llenos de inquietud. Hacía semanas que no tenía pesadillas, pero aquel sueño era distinto. El subconsciente le estaba advirtiendo que se alejara de ella para protegerla.

–No vas a seguir evitándome, Blake –le dijo Lissa con firmeza–. Y no eres el único que sabe leer la mirada.

Blake giró la cabeza en la almohada. Aún seguía viendo a Lissa en la playa y sintiendo que unas garras afiladas le desgarraban lo que le quedaba de corazón.

–Enciende la lámpara.

La habitación se llenó de luz, disolviendo los restos de la pesadilla. Blake parpadeó con fuerza para mantenerse despierto. No quería ver caer a Lissa en el agujero.

Las palabras le salieron atropelladamente.

–Fuimos atacados por un enemigo invisible en la playa, y mataron al miembro más joven del equipo. Yo estaba al mando, era el único responsable. Tendría que haber sido yo quien muriera.

–Blake –le acarició la frente–. ¿Por qué dices eso? No debería haber muerto ninguno. Déjame ayudarte, por favor.

Él se giró hacia ella.

–Sabes escuchar, Lissa. Eres la única que me ha escuchado –la única mujer a la que le importaba lo que llevaba en su interior.

–Empieza por el principio y no pares hasta el final –lo animó ella.

Él se puso la mano detrás de la cabeza, miró al techo y respiró profundamente.

–Era un ejercicio de entrenamiento...

Lissa escuchó el relato con el corazón encogido. No podía imaginarse los horrores que Blake había presenciado.

–Me desperté en un hospital militar –concluyó él–. Me aclamaron como a un héroe... Si hubiera hecho bien mi trabajo, habría visto la emboscada y Torque seguiría vivo.

–No. Hiciste lo que pudiste. Nadie podría haber hecho más. Eres un buen hombre, Blake. El mejor. No pudiste salvar a Torque, pero has ayudado a muchos otros. Te has pasado años protegiendo nuestro país. A todos nosotros. Piensa en todo lo que has hecho por mí. Piensa en el barco, tu barco. No se lo contaste todo a Jared, ¿verdad? El negocio que me has ayudado a levantar. Lo de Todd... Tienes que aprender a perdonarte, Blake. Déjame ayudarte –le cerró los ojos con los dedos–. Duerme. Yo estaré aquí.


–Debería haberme comprado un vestido nuevo –Lissa se miró al espejo, bastante insatisfecha.

–Ese vestido es nuevo –señaló Blake detrás de ella.

–La típica respuesta de un hombre –miró a Blake en el espejo para cerciorarse de que se encontraba bien, después de que finalmente se hubiera abierto a ella la noche anterior.

Se estaba abotonando la camisa y parecía bastante, pero Lissa sabía que no le hacía gracia relacionarse con un montón de gente.

–No es lo que me imaginaba para esta noche. Parezco demasiado austera e insípida. Tal vez con un pintalabios más…

–A lo mejor esto te ayuda –Blake levantó las manos sobre su cabeza y Lissa vio un collar de perlas–. Levántate el pelo –dijo él.

Ella obedeció, con un nudo en la garganta, y Blake le ajustó el collar.

–Dios mío… No sé qué decir –se tocó las perlas, frías contra la piel ardiente. Debían de haber costado una fortuna–. Es precioso… Es perfecto.

–Hace juego con tu color –la hizo girarse y le dio un beso en la frente–. Buena suerte esta noche. Te la mereces.

–Gracias, Blake –lo besó en el cuello–. Por todo.


El local era un hervidero de gente. Parecía una exhibición de moda y joyería, y los carísimos perfumes se mezclaban con el olor de las orquídeas y las maracas amarillas. Había canapés de colores y champán rosa. Y un cuarteto en la entreplanta interpretaba a Vivaldi.

Lissa se mezclaba con los invitados. A algunos los conocía, pero a otros era la primera vez que los veía. Gilda, con un bonito vestido azul marino le presentó a muchos, mientras Blake hacía de anfitrión en el otro extremo de la sala.

De repente se vio envuelta en un fuerte abrazo por detrás.

–Hola, preciosa –la saludó una voz familiar.

–¡Jared! No sabía que hubieras vuelto.

–Queríamos darte una sorpresa.

–Y lo habéis conseguido –por unos instantes quiso abrazarse a su hermano, oler su loción y decirle lo mucho que lo quería y lo apreciaba–. Te he echado de menos.

–Yo también a ti. Tranquila, hermanita –le susurró al oído–. No voy a aguarte la fiesta.

–Lo sé. Gracias.

Él la soltó y se echó hacia atrás para que saludara a su mujer, radiante con un vestido verde azulado.

–Sophie… Te has cortado el pelo. Crystal –las abrazó a ambas–. Gracias por venir. Y también Ian… –su familia la quería y siempre estarían dispuestos a ayudarla, pasara lo que pasara. Y siempre celebrarían con ella sus éxitos.

No como Blake, quien nunca formaría parte de su círculo más íntimo. No estaría allí para brindar por la buena marcha del negocio, ni para decorar la oficina en Navidad, ni para fijarse nuevas metas, porque Blake navegaba en solitario.

Lo vio hablando con una pareja anciana y el corazón le dio un vuelco, como siempre le ocurría ante la imagen de su piel bronceada, su pelo negro, sus brillantes ojos azules y su irresistible sonrisa… Pero Lissa no solo veía su atractivo físico, sino al hombre que se ocultaba bajo aquella perfección varonil. Un hombre herido que apenas había empezado a confiar en ella. Un hombre íntegro, comprensivo y juicioso que la había rescatado de sus temores más profundos con delicadeza.

La voz de Jared al micrófono del centro de la sala la sacó de sus divagaciones. Todos los invitados guardaron silencio y se agruparon.

–Damas y caballeros, bienvenidos a Lissa's Interior Designs –le sonrió a Lissa mientras los demás aplaudían.

Embargada por la emoción, levantó una mano en señal de reconocimiento y miró a Blake, pero su atención estaba fija en Jared y no había modo de interpretar su expresión.

–Gilda me ha pedido que digas unas palabras –continuó Jared al cesar los aplausos–, y me gustaría empezar hablándoles de mi hermana pequeña… –unos minutos después concluyó su discurso–. Y ahora, es para mí un gran honor y orgullo presentarles a la mujer que transformará sus hogares en obras de arte. Damas y caballeros… Lissa Sanderson –le cedió el micro y le dio una palmada fraternal en la espalda–. Enhorabuena, hermanita.

Lissa apretó el micrófono con fuerza.

–Gracias, Jared –su voz resonó por toda la sala mientras miraba el trozo de papel que tenía en la mano–. Antes de nada, me gustaría agradecerles a todos su presencia…

Al fondo de la sala, Blake presenciaba el intercambio de sonrisas entre los hermanos. Una extraña sensación se apoderó de él. Era como estar a bordo de un barco que se estaba hundiendo y viera cómo el resto de la tripulación se alejaba en el único bote salvavidas.

Lissa continuó hablando, pero Blake no prestaba atención a sus palabras. No podía apartar los ojos de ella. Aunque pasaran diez o veinte años seguiría siendo la única mujer a la que querría mirar.

–Como todos ustedes saben, en esta velada no solo celebramos la inauguración de Lissa's Interior Designs, sino también una obra benéfica. Esta noche quiero rendir tributo a los hombres y mujeres de nuestras Fuerzas Armadas… –clavó su mirada en Blake–. Para aquellos que no hayan oído hablar de Apoyo a Nuestros Soldados, es una campaña destinada a proporcionar atención médica, ayuda psicológica y asesoramiento legal a las tropas destinadas en el extranjero y a los soldados que vuelven a casa. Cada uno de ellos hace un sacrificio enorme para protegernos. Dejan atrás a sus familias y seres queridos y se enfrentan a situaciones peligrosas todos los días. Algunos lo pagan con su vida. Otros vuelven, pero cambiados para siempre.

«Cambiados para siempre». Las palabras resonaron en la cabeza de Blake. Lissa lo había cambiado. Para mejor. Le había mostrado una visión distinta del mundo.

–Por estos valientes soldados les animo a contribuir generosamente a la causa. Pueden dirigirse a Gilda, para hacer sus donaciones –hizo una breve pausa–. Y ahora me gustaría darle las gracias a una persona muy especial: Blake Everett. Seguramente todos recuerden a su madre, Rochelle, quien hizo una encomiable labor benéfica. Blake es quien ha hecho posible que mi sueño se convierta en realidad.

Blake apenas oyó los aplausos.

No sabía qué hacer con los sentimientos que le oprimían el pecho. Había oído a Lissa decirle a Jared que solo era una aventura sin compromisos ni expectativas.

Necesitaba salir a tomar el aire y pensar, pero antes de que pudiera salir, una mano lo agarró por el hombro.

–Cuánto tiempo, amigo mío.

Se giró hacia Jared y dominó su impaciencia.

–Me alegro de verte, Jared.

–Gracias por tu llamada. Fue reconfortante saber que Lissa quería verme.

–Eres muy importante para ella, aunque no siempre te lo demuestre.

–Ella también lo es para mí –carraspeó–. Quiero darte las gracias por ayudarla con el barco.

–No hay de qué.

–Y con el negocio. Yo la habría ayudado, pero es terca como una mula.

–Lo sé muy bien –corroboró Blake con una sonrisa.

También era leal, comprensiva y comprometida en cuerpo y alma con aquella nueva empresa.

–Tiene talento y esta es la oportunidad que necesita para demostrarlo. Lo hará muy bien.

Jared seguía mirándolo fijamente a los ojos.

–¿Cuáles son tus planes ahora?

Blake supo lo que le estaba preguntando realmente.

–He negociado el precio de un velero. Quiero navegar hacia el norte, a la Gran Barrera de Coral, y practicar el buceo por placer, para variar –recitó la respuesta sin la menor emoción. ¿Adónde había ido el entusiasmo con el que llevaba planeándolo semanas?

–¿Y el negocio?

–Si Lissa necesita ayuda y no puede contactar conmigo…

–Siempre tendrá el apoyo de su familia –dijo Jared.

La familia… Sí, Lissa necesitaba a su familia, un hogar, casarse, tener hijos.

–Blake –una mujer se disculpó por interrumpirlos, pero había conocido a la madre de Blake. Jared los dejó para que hablaran tranquilamente y unos minutos después Gilda se hizo con el micro y propuso un brindis.


Todo el mundo miró hacia la escalera de caracol, donde Lissa esperaba con unas grandes tijeras. Cortó una cinta y una lluvia de globos y confeti cayó del techo. Hubo aplausos, vítores, brindis y fotos. Todos celebraban el acto, salvo Blake, que solo tenía ojos para Lissa y su cautivadora sonrisa. Envuelta por el confeti, se encontró con la mirada de Blake y fue como si un torbellino de deseos lo arrastrara en una dirección que él siempre había evitado.

Pero en aquel momento solo tenía clara una cosa: quería seguir aquella dirección, condujera adonde condujera. Lissa bajó la escalera y él avanzó hacia ella, con el corazón desbocado. No quería ser un socio capitalista. Quería implicarse de lleno en el negocio. No sabía mucho de la decoración de interiores, pero podía aprender. Podían aprender juntos. Ella sería el genio creativo, y él… ya se les ocurriría algo.

Lissa se dirigió a él con una sonrisa radiante.

–Tengo una gran noticia –lo agarró del brazo–. Te la contaré de camino… Hay una fiesta en casa de Brandy y… Estás muy pálido. ¿Te duele la cabeza?

–Estoy bien. De hecho, estoy…

–¿Vendrás a la fiesta? Por favor, Blake, por favor. Quiero que estés allí conmigo.

–Antes tengo que hablar contigo.

–¿De qué?

–Aquí no. Vamos fuera –sin esperar respuesta, la agarró del codo y salió del local.

–¿No puedes decírmelo luego? La fiesta es para…

–Es importante –la agarró con desesperación de los brazos.

–Se trata de mi carrera. ¿No decías que debía concentrarme ante todo en mi trabajo? ¿Pues sabes qué? –juntó las manos bajo la barbilla. Sus ojos despedían un entusiasmo desbordado y los restos de confeti destellaban en su rojiza melena–. ¡Maddie Jenkins quiere ser mi socia! Tiene tiendas de interiores por toda la costa, desde Cairns hasta Brisbane, y quiere que mi negocio sea parte de su cadena.

Blake se quedó de piedra. ¿Quién demonios era Maddie Jenkins?

–¿Sin hablarlo conmigo? –murmuró secamente–. Las buenas maneras exigen consultar cualquier cambio con tu socio actual, ¿no te parece?

–Tienes razón, Blake. Lo siento. Pero me lo ha propuesto hace un momento.

Dejó de sonreír y sus ojos se apagaron.

–Tú y yo… –continuó ella–. Habíamos acordado que solo sería un acuerdo temporal hasta que encontrase otra parte interesada. Maddie tiene años de experiencia y contactos por todo el país. Es… es la solución perfecta. Para mí y también para ti –la mirada se le ensombreció, pero sin apartarla de él–. Tu intención nunca ha sido involucrarte en un negocio de interiores. Solo lo hiciste para ayudarme, y los dos lo sabemos. Sabías que yo no aceptaría la caridad de nadie, pero creíste en mí, y eso nunca lo olvidaré.

Blake apretó la mandíbula. Todo lo que le decía era cierto.

–Veo que lo tienes todo muy claro.

–Es lo más sensato. Ahora eres libre. Totalmente libre. Puedes irte donde quieras y hacer lo que quieras. Es lo que siempre has…

–¿Y si te pidiera que vinieras conmigo? –las palabras brotaron de sus labios antes de poder detenerlas.

–¿Qué? –sus ojos volvieron a destellar fugazmente–. ¿Adónde? ¿Cuándo?

–A cualquier parte –«para siempre».

–¿Por qué?

Y en aquel momento Blake supo que no funcionaría, aunque los ojos de Lissa le dijeran lo contrario. El lugar de Lissa estaba allí, ocupándose de su nuevo negocio, y si lo dejara se arrepentiría el resto de su vida. Él nunca podría ser el hombre que necesitaba. No podía darle la vida que quería.

De modo que se encogió de hombros como si no tuviera importancia, como si no estuviera muriéndose por dentro. Solo había sido un momento de locura, se dijo a sí mismo.

–Solo quería comprobar si de verdad estabas comprometida con tu nuevo negocio.

Ella asintió y se cruzó de brazos.

–Pues ya lo sabes. No esperarías que fuera a abandonar mi carrera por un capricho. Tú me has dado la oportunidad por la que siempre he luchado, y no voy a perderla. Voy a aceptar la oferta de Maddie –le mantuvo la mirada durante largo rato, como si quisiera grabarse sus ojos en la memoria.

Un grupo de jóvenes salieron del local y uno de ellos llamó a Lissa. Sin dejar de mirarlo, retrocedió hacia ellos. Alguien le puso una copa de champán en la mano, que ella agarró distraídamente.

–¿Seguro que no quieres venir con nosotros?

Él negó con la cabeza y esbozó una media sonrisa.

–Diviértete. Yo tengo cosas que hacer.

–Entonces nos vemos en casa –levantó la copa en una especie de saludo.

«No me esperes despierto», le pareció oír.

# Capítulo Diez

Debería sentirse complacido por volver solo a casa. Al fin y al cabo eso era lo que quería, ¿no?

La tensión le palpitaba en las sienes. Rehusó encender la luz y recorrió la casa a oscuras. El silencio le hacía daño en los oídos. Se detuvo junto al dormitorio de Lissa y aspiró el dulce olor que seguía impregnando el aire. Entró y contempló el desorden habitual de cajas, ropa y bolsas.

La presencia de Lissa se sentía por toda la casa. Incluso en la habitación de Blake, donde había dejado sus útiles de maquillaje y sus dos almohadas colocadas de cualquier manera contra el cabecero.

Y él se había acostumbrado a aquel desorden.

Se fijó en una foto de los dos en el Loo with a View, un local muy popular con vistas al paseo marítimo. Lissa la había enmarcado para que él se la llevara cuando se fuera.

Su relación siempre había sido algo temporal. No había dudas al respecto. Se tumbó en la cama y descansó la cabeza en las almohadas de Lissa. Esperando a que llegara a casa…

\*\*\*

Lissa entró silenciosamente en casa con las primeras luces del alba coloreando el horizonte. Hizo una mueca al oír el chirrido de la puerta. No había tenido intención de volver tan tarde, pero ella y Maddie tenían mucho que hablar y el tiempo había pasado volando. Le había escrito un mensaje a Blake dos horas antes diciéndole que estaba bien, pero no había recibido respuesta.

Se quitó los zapatos y se sentó al pie de la escalera.

«¿Y si te pidiera que vinieras conmigo?».

Por unos instantes, mirándolo a los ojos, se había imaginado navegando con él rumbo al ocaso, viviendo juntos, envejeciendo juntos, amándose el resto de sus vidas. El corazón le pedía a gritos hacerlo realidad.

Pero él solo se lo había preguntado para poner a prueba su sentido de la responsabilidad. Para ver si hacía honor a su palabra.

Toda su vida había luchado por ser independiente, y Lissa's Interior Designs era su billete al éxito. Pero en lo más fondo de su ser, donde no llegaba la voz de la razón, lloraba amargamente.

Recogió los zapatos y subió la escalera. La puerta de Blake estaba entreabierta. Invadida por una repentina inquietud, llamó antes de entrar y se encontró con un hombre taciturno y huraño.

–Buenos días, fiestera –llevaba los mismos vaqueros negros y la misma camiseta raída que la noche en que llegó al barco. El pelo le había creído desde entonces, y en aquellos momentos lo tenía alborotado.

–Te escribí un mensaje.

Miró la cama y vio que estaba haciendo el equipaje. Sintió punzada que la traspasó. Sabía que iba a marcharse, pero ¿tenía que ser en aquel momento?

–Sí. Gracias por avisarme –repuso él mientras doblaba las camisetas–. ¿Lo has hablado todo con Maddie?

–Te marchas –dijo ella, sin responder.

–Es la hora. Tú tienes lo que querías y mi barco lleva una semana preparado. Quería esperar hasta la inauguración, para no aguar la fiesta.

A Lissa le daba vueltas la cabeza.

–Tu préstamo. Tenemos que…

–No me hace falta el dinero, Lissa. Quédatelo como un regalo –descolgó las camisas de las perchas.

–No puedo aceptarlo.

–Pues dónalo a una obra benéfica.

–¿Y la casa? –tendría que buscarse otro lugar para vivir.

Él no la miró y siguió doblando meticulosamente la ropa.

–No hay reservas para los dos próximos meses. Le he escrito a la agencia para informarlos de que estarás aquí todo el tiempo que necesites, hasta que encuentres un buen lugar que puedas permitirte.

–No puedo quedarme aquí.

–Entonces hazme un favor y cuida de la casa una temporada. Siempre es más seguro que alguien la ocupe. Y, por lo que más quieras, deja de decirme que no puedes. Sé que puedes, y no es algo que quiera oír en estos momentos –cerró la maleta y miró a Lissa con un extraño y momentáneo brillo en los ojos–. Tengo que irme. Y ha de ser ahora –su voz era áspera y dura–. ¿Lo entiendes?

–No, no lo entiendo –le había costado unos momentos asimilar el golpe, y el aturdimiento dejaba paso a la desesperación–. Entiendo que necesites tiempo para sanar tus heridas, pero yo puedo ayudarte. Podemos hacer algo juntos. Podemos…

–Siempre fue algo temporal, Lissa. Lo sabíamos desde el principio.

–De acuerdo –nada de lágrimas. Sus ojos estaban tan secos como el polvo del desierto, por lo que se sintió agradecida. Una ruptura rápida y fulminante le permitiría concentrarse de lleno en su trabajo. Estaría tan ocupada que no tendría tiempo para echar de menos a Blake.

–¿Por qué no nos preparas algo para desayunar?

Lissa no podía apartar los ojos de su cara. Aquello era lo que Blake quería, y ella quería que fuese feliz. Se merecía serlo. Merecía vivir en paz, sin nadie, si ese era su deseo. Pero ella sentía que se le desgarraba el alma.

–Así que te vas –se había jurado no decirlo, pero era como si alguien hablase a través de ella–. Después de todo lo que acabo de decir. Después de todo lo que hemos pasado juntos y de lo que hemos llegado a significar el uno para el otro, tú haces el equipaje y te marchas como si nada… –le pareció ver un destello de emoción en su mirada, pero seguramente fueron imaginaciones suyas, porque al parpadear se encontró de nuevo con un rostro inexpresivo y distante.

–Pensándolo bien, será mejor olvidarse del desayuno –dijo él–. Estás muerta de sueño y siempre has tenido tendencia al melodrama.

Avanzó hacia ella y la agarró de las manos. Lissa quiso zafarse, pero las manos no le respondían.

–No es el fin del mundo, Lissa. Es solo el comienzo. Algún día me lo agradecerás. Lo que necesitas ahora es dormir un poco. Cuando despiertes lo verás todo en perspectiva y te sentirás lista para asumir el nuevo reto que tienes por delante. No queremos las mismas cosas. Tú necesitas un hogar y una familia, y yo quiero sentir la brisa del mar en la cara y echar el ancla donde me apetezca. No soy la clase de hombre que puede hacerte feliz. Lo hemos pasado bien juntos, pero sabíamos que solo era una aventura.

Lissa se encogió al oírlo. Una aventura… Le sonaba despreciable, aberrante, comparado con lo que ella había creído. ¿Había sido la única en sentir aquella intensidad? ¿O la única lo bastante ingenua para creérselo?

–¿Sabes qué? No necesito un hombre en mi vida. ¿Por qué los hombres siempre os creéis indispensables?

–Supongo que ya está todo dicho –agarró una de sus bolsas y se la colgó al hombro.

–Supongo que sí –no iba a presenciar su marcha. La conversación había consumido sus pocas fuerzas y no sabía cuánto tiempo podría permanecer de pie–. Espero que disfrutes de tu libertad. Yo siempre te estaré agradecida por la ayuda que me prestaste cuando más la necesitaba –se apartó de él–. Me voy a dormir. Seguramente ya te hayas ido cuando despierte, así que… adiós.

Él asintió, y terminó por destrozarle lo que le quedaba de corazón al besarla ligeramente en la mejilla y decirle sus últimas palabras:

–Nos veremos por aquí alguna vez.

La tienda abrió sus puertas el lunes. Maddie había enviado a Jill, una de las empleadas de la sucursal de Noosa, para ayudarla durante un par de semanas. Era mayor que Lissa y con bastante experiencia a sus espaldas, alegre y dinámica, y Lissa confiaba en que se quedara con ella permanentemente.

La gente se pasaba para desearle suerte y brindar con el champán que Maddie había enviado con Jill. Y Lissa no pensó en Blake ni un solo minuto. No se lo imaginó compartiendo la emoción del primer día ni entrando en la tienda a la hora de cierre para llevarla a cenar…

A media mañana llegó un enorme ramo de rosas amarillas.

–Alguien te quiere –dijo Jill con una sonrisa.

Una etiqueta escrita a mano contenía las instrucciones para su cuidado y explicaba que las rosas amarillas simbolizaban el éxito y un nuevo comienzo.

–Mi hermano –murmuró Lissa, abriendo el sobre adjunto–. Siempre es…

«Enhorabuena. Hoy pienso en ti. Blake».

La sorpresa la pilló desprevenida. Se le formó un nudo en la garganta y los ojos se le llenaron de lágrimas.

Aquella noche durmió en la cama de Blake. Y a la noche siguiente llevó sus cosas al dormitorio, decidida a ocuparlo hasta que encontrase otro alojamiento. Se dijo que lo hacía porque le gustaba la vista del río.

Por las tardes se dedicaba a terminar el retrato de Blake que estaba dibujando. Podía hacerlo de memoria, ya que conocía a la perfección su rostro.

Después ponía música y bailaba en el salón hasta caer rendida, y en la cama daba vueltas y más vueltas, incapaz de dormir. Valiéndose del trabajo como excusa, postergaba la visita a la familia.

Trabajo, trabajo, trabajo. Era la única razón para levantarse por la mañana. Disfrutaba de su larga jornada laboral y de ver cómo el proyecto iba tomando forma. Y gracias a los ingresos pudo empezar a pagar el préstamo.

Las emanas siguientes se sorprendió al descubrir que podía vivir sin Blake y no derrumbarse cada vez que pensaba en él. Sabía que podía llevar la vida plena e independiente que siempre había deseado. Pero también sabía que, habiendo conocido a Blake mejor que nadie, siempre se sentiría como si le faltase una parte de ella.

No sabía nada de él. No había recibido noticias suyas ni tampoco había intentando contactarlo, pero se convenció de que era mejor así. Bastaría un simple correo electrónico, un mensaje de texto o una llamada para querer más.

Y Blake nunca querría más.

Blake contemplaba el amanecer con una taza de té en las manos. El sol se elevaba lentamente sobre el horizonte como una bola de fuego entre la bruma, proyectando sus rayos carmesíes sobre la cubierta del barco y acariciándole el rostro con su calor. La humedad y el olor del océano impregnaban el aire, como a él le gustaba.

A su derecha, el bosque tropical descendía desde una escarpada cima hasta una franja de arena dorada. Si miraba a la izquierda podía ver la forma cónica de uno de los islotes vírgenes de la Gran Barrera, elevándose en la superficie turquesa del mar.

¿Quién no querría estar en su lugar? Aspiró profundamente mientras observaba una bandada de aves acuáticas y tomó un bocado de un sándwich de beicon. El agua lamía el casco y las velas ondeaban perezosamente.

La sensación de libertad era total. Podía pasarse el tiempo que quisiera sintiendo el viento en los cabellos y el sol en la espalda, sin nadie que le dijera qué hacer ni cómo hacerlo. Nadie que le dijera cuándo levantarse ni adónde ir.

Nadie.

Se sacudió la incómoda sensación. No se sentía aislado. Podría atracar cuando quisiera en el puerto más cercano y charlar con los lugareños en el club náutico. Pero no necesitaba la compañía de nadie. ¿Por qué molestarse en forjar relaciones cuando todo se acababa? ¿Por qué echar raíces cuando podía vivir en cualquier parte?

Su vida era ideal.

Lo único que necesitaba era un barco en buen estado, comida en el plato y un cómodo lecho.

Se agarró a la barandilla. Lo único que quería era paz, soledad y un horizonte azul.

Nada más.

Una noche, después de cerrar, Lissa visitó un pequeño apartamento que se quedaría libre a final del mes próximo. No tenía vistas al mar, pero no podía permitirse grandes lujos. Por primera vez en mucho tiempo, volvió contenta a casa.

Al llegar vio una limusina frente a la casa de Gilda. Pensó que estaría celebrando otra recaudación de fondos, pero de camino a la puerta oyó unos pasos tras ella.

–¿Señorita Sanderson?

–¿Sí? –un chófer uniformado se acercaba a ella, pero Lissa no sintió nada del temor que durante tanto tiempo la había perseguido.

–Buenas tardes –el chófer se quito la gorra. Era de mediana estatura y tenía el pelo canoso. Le tendió su carné de identidad con una sonrisa–. Me llamo Max Fitzgerald y me han pedido que le entregue este paquete y que la lleve a su cita cuando esté lista –le entregó una caja plana y alargada.

Lissa miró la identificación con el ceño fruncido. Parecía ser quien decía ser.

—No tengo ninguna cita.

—¿No ha recibido un mensaje?

—No he mirado el móvil. He estado ocupada... —sacó el móvil del bolso y vio que, efectivamente, había recibido un mensaje.

*Lissa, puedes confiar en Max. Es hora de que hablemos de lo que vamos a hacer el resto de nuestra vida.*

Reconoció el número de Blake.

Durante unos segundos no pudo moverse, hasta que el corazón le dio un vuelco. ¿Blake quería hablar justo cuando ella empezaba a acostumbrarse a estar sin él?

Seguramente tenía gente esperando para alquilar la casa y quería que la dejara libre cuanto antes. Era él quien quería seguir adelante con su vida.

¿O acaso creía que podía aparecer de la nada y mandarle un mensaje para que ella acudiera corriendo? Ni siquiera se había molestado en invitarla personalmente.

—Esta noche no estoy libre —le dijo a Max—. Se lo comunicaré yo misma. Gracias, ya puede marcharse.

—Me dijo que usted diría eso, y me pidió que le suplicara que reconsiderase su postura.

—No...

—Por favor, señorita Anderson —Max pasó los dedos por la gorra—. Me pidió que me arrodillara si fuera necesario, pero soy demasiado viejo y mis articulaciones ya no son lo que eran –los ojos le brillaron con humor.

Lissa lo miró sorprendida. ¿Blake suplicando? ¿Tan desesperado estaba por verla? Le brotó un atisbo de esperanza, pero lo sofocó rápidamente.

–No será necesario –miró la caja, blanca y de aspecto caro–. ¿Por qué no entra y se sienta mientras veo lo que hay en este paquete?

–Si no le importa, esperaré en el vehículo. Tómese su tiempo. Estaré aquí hasta que amanezca.

–¿Hasta que amanezca?

–El señor Everett me explicó que a usted le gusta salir de fiesta de vez en cuando.

Evidentemente Blake creía que ella había seguido adelante con su vida. No supo si sentirse divertida u ofendida.

–Está bien, Max. Enseguida te doy una respuesta.

Nada más entrar abrió la caja y retiró el papel de seda. Era un esbelto vestido de un pálido color azul verdoso. Al sacarlo de la caja despidió un ligero centelleo, o tal vez fuera un efecto óptico provocado por las lágrimas.

–¡Oh! –nunca había visto algo tan exquisito.

Los brazos le temblaban al sostenérselo contra el pecho. La prenda caía hasta el suelo como una elegante cascada de aguas cristalinas. Tenía unos tirantes finísimos y dejaba la espalda al descubierto hasta la cintura.

Mientras corría a su habitación para probárselo se prohibió pensar en nada.

No se atrevía a albergar esperanzas.

El trayecto al puerto solo duró unos minutos. Max la hizo pasar por una verja de seguridad y la acompañó a un lujoso yate que empequeñecía las otras embarcaciones. La luz que salía de la cubierta principal se reflejaba en las aguas oscuras. No era el velero que Lissa había visto en el folleto de Blake, sino un auténtico palacio flotante de formas blancas y depuradas que recordaba a una poderosa bestia marina. Lissa se lo imaginó surcando las aguas con Blake al timón. Y seguramente sería allí donde estuviera al día siguiente, cuando hubiera resuelto sus asuntos pendientes con ella.

Entonces lo vio. En cubierta, con unos pantalones oscuros y una camisa blanca remangada y con el cuello abierto. El corazón comenzó a latirle desbocado cuando sus miradas se encontraron. Así permanecieron lo que pareció una eternidad, oyendo el murmullo de las olas. Finalmente Blake descendió por la rampa hacia ella. Lissa se dijo a sí misma que podía hacerlo, podía tener una cena civilizada con él y luego marcharse…

–Buenas noches, Lissa.

Su tono era cálido, aunque un poco formal. Cuánto había echado de menos aquella voz profunda y varonil… Pero podía vivir sin ella.

–Hola.

–Gracias, Max. Eso es todo por ahora –alargó la mano hacia Lissa y le entrelazó los dedos en el pelo que le caía por los hombros. Ella tuvo tiempo de aspirar su olor masculino antes de que él retirase la mano.

–Gracias por el vestido. Es precioso.

–De nada. Te queda muy bien –se inclinó y la besó ligeramente en la mejilla. Se había afeitado y olía de maravilla–. Espero que no hayas cenado –le puso una mano en la espalda desnuda para guiarla hacia el barco.

Ella ahogó un suspiro y aceleró el paso.

–Es un barco magnífico.

–He vendido casi todas mis inversiones para comprarlo.

Lissa observó una mesa con sillones de mimbre, preparada para dos con cubertería de plata y porcelana china y con una vela ardiendo en un jarrón de cristal. A través de una amplia puerta abierta se veía un espacioso salón con una gruesa alfombra azul, madera barnizada, accesorios dorados, sillones de cuero y un bar bien provisto de relucientes botellas.

–Todo esto me abruma un poco. Has estado fuera un mes y…

–Veintiséis días para ser exactos.

Veintiséis días y trece horas, pensó ella mientras se acercaba un camarero uniformado con una bandeja plateada.

–¿Te apetecen colas de gambas con *wasabi* y salsa de limón? –le preguntó Blake.

A Lissa se le revolvió el estómago por los nervios.

–No voy a cenar contigo. Solo he venido porque te tomaste muchas molestias y porque lo sentía por el pobre Max, pero necesito saber lo que quieres. Y necesito saberlo ahora. Después me marcharé y no nos volveremos a ver.

La expresión de Blake se endureció. ¿Sería porque su noche no estaba saliendo según lo previsto? Pues tampoco la de ella.

—Puedes retirarte, Nathan —despidió al camarero y Lissa aprovechó para acercarse a la barandilla y contemplar la miríada de embarcaciones que se mecían en el agua.

—En tu mensaje sugerías que debíamos seguir adelante. Y yo creía que era eso lo que estábamos haciendo.

—Yo también lo creía. Hasta hace una semana —dio un paso hacia ella, pero Lissa levantó una mano.

—No te acerques, Blake. Por favor... Has encontrado a alguien para alquilar la casa y quieres que la deje libre, ¿es eso?

Él pareció pensarlo un momento.

—Es cierto, quiero que dejes la casa —la miró sin pestañear—. Porque quiero que vivas en este barco. Conmigo.

La simpleza de sus palabras la dejó aturdida. Blake quería que viviera con él, pero quería que todo fuese a su manera. Le estaba sugiriendo una simple convivencia, y ella ya había pasado por eso. Tenía la orden de alejamiento para demostrarlo. Nadie volvería a usarla por conveniencia.

—Ya hemos hablado de esto. Creía haberte dejado claro que estoy comprometida con mi trabajo y...

–Te quiero, Lissa.

–Y que...

–No quiero pasar un día más sin ti.

Dio otro paso adelante y en esa ocasión ella no intentó detenerlo. Bastante tenía con intentar respirar y mantenerse en pie.

–¿Y crees que por decirme que me quieres...? –se agarró con fuera a la barandilla–. ¿Renunciaré a todo por lo que he trabajado?

–No –la inmovilizó con la mirada mientras seguía acercándose–. Voy a quedarme aquí, en Mooloolaba, porque es aquí donde estás tú.

Lissa se quedó sin aliento.

–¿Y lo de sentir la brisa en la cara y echar el ancla donde quieras?

–Creía que eso era lo que quería. Pero ahora sé que te quiero más a ti –se pasó una mano por el pelo–. Por lo que más quieras, Lissa, sácame de este infierno y dime que sí. Dime que tú también me quieres. Dime que lo nuestro no ha sido solo una aventura.

Lissa nunca lo había visto tan vulnerable y... abierto.

–Te quiero –confesó en voz baja–. Siempre te he querido y siempre te querré. Tú eras el que siempre hablaba de marcharse. Y fuiste tú quien se refirió a lo nuestro como una aventura.

–Eso fue lo que te oí decirle a Jared.

Lissa esbozó una tímida sonrisa.

–¿No sabes que no se debe escuchar una conversación privada?

–Lissa...

–Para mí nunca fue una aventura. No, no me toques –se apartó de la mano que él extendía hacia ella–. Todavía no. Quiero saber lo que te hizo volver a casa.

La expresión atormentada que tantas veces le había visto volvió a aparecer en sus ojos.

–Me di cuenta de que quería vivir antes de que me enterraran.

–Torque…

Él asintió, y sin darle tiempo a reaccionar la estrechó en sus brazos y la apretó contra su pecho. Ella oyó los latidos de su corazón y deseó permanecer así para siempre, segura y felizmente acurrucada mientras él contemplaba el horizonte.

–¿Sigues teniendo pesadillas?

–No tanto como antes –respiró hondo y le acarició el pelo–. Fui a visitar a los padres de Torque. Se mostraron muy agradecidos conmigo por haber estado con él cuando murió y porque no sufriera. La visita nos ayudó mucho, a ellos y a mí.

–Me alegro.

Blake guardó un breve silencio mientras la brisa soplaba sobre la cubierta.

–Volví a casa para recuperarme, buscando la paz que tanto necesitaba. No esperaba encontrarte. Una mujer a la que poder amar. Un amor en el que poder confiar y al que entregarme por entero.

Las lágrimas afluyeron a los ojos de Lissa. Él le sujetó el rostro entre las manos y la miró a los ojos.

–Un amor que dure toda la vida.

–Blake…

–Sé que tienes tu negocio y que yo ya no formo

parte de él, pero eso no significa que no pueda in-volucrarme de alguna manera, ¿no?

—Pues claro que…

—El puerto está a unos minutos en coche de la tienda, y este barco tiene más lujos y comodidades de los que hayas visto jamás. Cuentas con Maddie y su equipo para que te ayuden de vez en cuando y así poder tomarnos algún fin de semana libre para navegar o visitar a tu familia en Surfers. Lo mejor de ambos mundos. El mar… y tú.

La cabeza de Lissa era un hervidero de pensa-mientos e imágenes que Blake conjuraba con sus palabras.

Pero Blake no había terminado. Se echó hacia atrás y sacó del bolsillo un pequeño estuche de ter-ciopelo.

—¿Estás lista para aceptar a este marinero mar-cado por la tragedia que seguramente te desper-tará en mitad de la noche con sus pesadillas?

—Yo…

—Cásate conmigo, Lissa. Pasa conmigo el resto de nuestras vidas. Sé mi apoyo y consuelo y deja que yo sea el tuyo.

Entre lágrimas vio un anillo con una aguama-rina flanqueada por dos diamantes.

—Blake… ¿Sabes cuánto tiempo he esperado oír eso? He fantaseado con miles de escenarios y for-mas posibles, y ninguna era tan perfecta como esta. Y la respuesta es sí. Sí, sí y mil veces sí.

—Eres mi chica, Lissa, y me pasaré toda mi vida demostrándotelo –le deslizó el anillo–. Esta piedra simboliza el mar y el color de tus ojos.

–Es precioso… –vio su destello y miró a Blake con una sonrisa que nacía desde lo más profundo de su corazón–. Y ahora, ¿vas a besarme?

Él también sonrió, y sus increíbles ojos azules brillaron de amor y felicidad. La atrajo hacia sí y la besó hasta que ambos se quedaron sin aliento.

–Te he echado de menos –murmuró él al separarse, envuelto por su fragancia y su calor–. He echado de menos tu color, tu entusiasmo, tu independencia –acompañó cada palabra con un beso–. Tu forma de escuchar y tu manera de presionarme para que me abra, demostrando que te importo –vio que los ojos de Lissa se llenaban de lágrimas–. Y, lo creas o no, echaba de menos tu desorden.

–He intentado hacer algo para remediarlo –susurró ella.

–No lo hagas. No cambies nunca. Me gustas tal y como eres –le pasó una mano por el pecho para sentir su corazón–. Tú me has hecho ver que me limitaba a existir, pero sin vivir realmente. Me refugiaba en la Armada porque tenía miedo de arriesgarme a amar.

–Yo también lo tenía –cerró la mano sobre la suya–. Tú me has enseñado a confiar otra vez. Pero te olvidas de una cosa…

–¿De qué?

–De lo mucho que has echado de menos hacerme el amor.

–No lo he olvidado –le aseguró él, y la levantó en brazos para llevarla a la cama.

Finalmente, estaba en casa.

# Deseo

# DONDE PERTENECES

## MICHELLE CELMER

Lucy Bates puso pies en polvo-
rosa al descubrir que estaba
enamorada de Tony Caroselli,
pues ¿cómo podría ella estar a
la altura de su poderosa familia? El problema era que estaba
embarazada de él, y cuando regresó para contárselo, se encontró con que Tony estaba ca-
sándose con otra mujer.

Lucy no podía haber sido más
oportuna. No solo había interrumpido una boda que él no
deseaba, sino que le haría he-
redar una inmensa fortuna si le daba un hijo varón.

*Volvería a tenerla otra vez en su cama*

# ¡YA EN TU PUNTO DE VENTA!

# Acepte 2 de nuestras mejores novelas de amor GRATIS

## ¡Y reciba un regalo sorpresa!

## **O**ferta especial de tiempo limitado

**Rellene el cupón y envíelo a**
**Harlequin Reader Service®**
3010 Walden Ave.
P.O. Box 1867
Buffalo, N.Y. 14240-1867

**¡Sí!** Por favor, envíenme 2 novelas de amor de Harlequin (1 Bianca® y 1 Deseo®) gratis, más el regalo sorpresa. Luego remítanme 4 novelas nuevas todos los meses, las cuales recibiré mucho antes de que aparezcan en librerías, y factúrenme al bajo precio de $3,24 cada una, más $0,25 por envío e impuesto de ventas, si corresponde*. Este es el precio total, y es un ahorro de casi el 20% sobre el precio de portada. !Una oferta excelente! Entiendo que el hecho de aceptar estos libros y el regalo no me obliga en forma alguna a la compra de libros adicionales. Y también que puedo devolver cualquier envío y cancelar en cualquier momento. Aún si decido no comprar ningún otro libro de Harlequin, los 2 libros gratis y el regalo sorpresa son míos para siempre.

416 LBN DU7N

| | |
|---|---|
| Nombre y apellido | (Por favor, letra de molde) |

| | |
|---|---|
| Dirección | Apartamento No. |

| | | |
|---|---|---|
| Ciudad | Estado | Zona postal |

Esta oferta se limita a un pedido por hogar y no está disponible para los subscriptores actuales de Deseo® y Bianca®.
*Los términos y precios quedan sujetos a cambios sin aviso previo.
Impuestos de ventas aplican en N.Y.

SPN-03

# UN ACUERDO APASIONADO

## EMILY MCKAY

Cooper Larson, hijo ilegítimo del potentado Hollister Cain, no tenía interés en buscar a la hija desconocida de su padre, a pesar de la cuantiosa recompensa ofrecida por este. Pero cuando su excuñada, Portia, acudió a él para decirle que había visto a la chica, Cooper aceptó ayudarla a encontrarla… para satisfacer un largo y prohibido deseo. A cambio, le pidió a Portia que colaborara con él en su último proyecto.

Con Portia por fin al alcance de la mano, logró vencer la resistencia de la dama de hielo de la alta sociedad… pero no contó con que ella también derribara sus defensas.

*Una novia para el rebelde de la familia*

## ¡YA EN TU PUNTO DE VENTA!